和羞走。倚门回首，却把青梅嗅。

减字木兰花

卖花担上，买得一枝春欲放。泪染轻匀，犹带彤霞晓痕。

怕郎猜道，奴面不如花面好。云鬓斜簪，徒要教郎比并看。

一剪梅

红藕香残玉簟秋，轻解罗裳，独上兰舟。云中谁寄锦书来？雁字回时，月满西楼。

花自飘零水自流，一种相思，两处闲愁。此情无计可消除，才下眉头，却上心头。

莫道不销魂，帘卷西风，人比黄花瘦。

一枝折得，人间天上，没个人堪寄。

梧桐更兼细雨，到黄昏、点点滴滴。

这次第、怎一个愁字了得！

瑞脑香消魂梦断，碎寒金小髻鬟松。醒时空对烛花红。

蝶恋花

泪揾征衣脂粉暖。四叠阳关，唱了千千遍。人道山长山又断，萧萧微雨闻孤馆。

惜别伤离方寸乱。忘了临行，酒盏深和浅。若有音书凭过雁，东莱不似蓬莱远。

寻寻觅觅 却是旧时相识

李清照传

白落梅 作品

湖南文艺出版社
HUNAN LITERATURE AND ART PUBLISHING HOUSE

博集天卷
CS-BOOKY

图书在版编目（CIP）数据

寻寻觅觅　却是旧时相识 / 白落梅著. -- 长沙：
湖南文艺出版社，2019.6（2021.1重印）
ISBN 978-7-5404-9220-5

Ⅰ. ①寻… Ⅱ. ①白… Ⅲ. ①李清照（1084-约
1151）—传记 Ⅳ. ①K825.6

中国版本图书馆CIP数据核字（2019）第080971号

上架建议：畅销书·人物传记

XUNXUNMIMI QUE SHI JIUSHI XIANGSHI
寻寻觅觅　却是旧时相识

作　　者：白落梅
出 版 人：曾赛丰
责任编辑：薛　健　刘诗哲
监　　制：于向勇　秦　青
策划编辑：刘　毅
特约编辑：王莉芳
文字编辑：包　晗
营销编辑：刘晓晨　刘　迪　初　晨
封面设计：潘雪琴
版式设计：梁秋晨
封面插图：樂　兮
内文插图：视觉中国
出版发行：湖南文艺出版社
　　　　　（长沙市雨花区东二环一段508号　邮编：410014）
网　　址：www.hnwy.net
印　　刷：三河市中晟雅豪印务有限公司
经　　销：新华书店
开　　本：875mm×1270mm　1/32
字　　数：200千字
印　　张：8.5
版　　次：2019年6月第1版
印　　次：2021年1月第4次印刷
书　　号：ISBN 978-7-5404-9220-5
定　　价：39.80元

若有质量问题，请致电质量监督电话：010-59096394
团购电话：010-59320018

宋朝女子李清照

　　想来，我喜爱的，仍是宋朝的光阴。那里，江山迤逦，秀美风流。那里，岁月清雅，明净无尘。那里，文人俊秀，婉兮清扬。

　　宋的光阴，自有一种风雅与气度，亦有一种不可释然的悲意。我因为喜欢宋词，对宋朝风物生了相思。有时竟梦回汴京，在宋的山河里，与他们来一场风云聚会。

　　每个王朝，都有它的兴衰荣辱，日月山川，田畴村落，万般景象大抵相同。时间，只是花落花开。人情故事，恰如初阳照残雪，沧桑过后，依旧清明。

那个时代，多的不是王者，而是词客。那个时代，纵是凡夫俗妇，也看斜风细雨，也知万种风情。那个时代，也有无常时势，浩荡风云，但多少恩怨，都能在杯盏里、词曲中得到解脱。

盛世里，春风牡丹，饮酒作词。乱世里，烽火硝烟，荆棘断垣。无论成败荣枯，都是一种境界，顺应了天意，自然也就清平。

宋朝女子的一生，深邃回转，端丽有情。李清照，便是宋朝世界里的一代词女。她的一生，若说曲折，也就是经历了繁华至败落的过程。若说简单，则是一卷宋词，几坛佳酿，以及一段情事。

人道她婉约多情，却不知，她也明烈豪气。她少女时，词风清新，活泼生动，宛若三月新枝，烂漫无邪；出嫁后，词风旖旎，明朗清新，如碧池青莲，香风细细；迟暮时，词风则哀怨，浓愁难遣，似寒潭秋水，清冽悲凉。

岁月待她宽厚无私，她虽生于书香世家，却不受俗礼约束。她看红尘蔼蔼，浮世喧喧，皆是新荷梅枝，天然妙意。

她二九年华，得遇温润如玉的男子，与他赌书泼茶，共修金石字画；也有跌宕不平、扰乱惊心之事，不过是影落池中，终究无碍。

归来堂，寄存了她十年最美的光阴。夫妇琴瑟和鸣，相知相悦，好到没有一丝遗憾，半分委屈。庭前种的数株梅，常入诗词。室内藏物万种，皆为人世修行。

她虽涉世不深，却有着对人生的肯定与坚持。若不是山河动乱，人事变迁，此生她该是深居归来堂，过静好无忧的日子。

但鼎革之世，也只好随波辗转，仓皇流离。乱世里，人生可聚可散，日子得过且过。多少兴亡之事，灾难劫数，恰如西风残照，让人感慨，又不可违背。

逃亡道路，霜重雾浓；天下之大，竟无可藏身之所。寄居江南，风日潋滟，却总被离愁填满。忧患中，情意亦比之前疏淡，他的冷落，让她叹惜，但没有悔恨。世间多少情爱，最后都归于平静，这并不算是相负。

赵明诚的离世，山河的破碎，让她尝尽风霜苦楚。一个人，孤影萍踪，于乱世里跋山涉水，无有归宿。她亦只能随偏安江左的宋廷，栖于落满风尘的人间，丢下志气，与世相宜。

经过几场浩劫，多少繁华也荡尽。到最后，叶落山空，余下几卷残书，几样文物，伴她寂寞流年。

后来，又遭逢了孽缘，好在她果断斩之。经历过生离死别的人，早已无所谓聚散悲欢，心底仍旧静静的，看花是花，看水还是水。

"当年、曾胜赏，生香薰袖，活火分茶。"到今时，"三杯两盏淡酒，怎敌他、晚来风急。"日子虽不称心如意，甚至清苦，倒也简约安稳。

那个王朝，如灿烂的星辰陨落，虽移居江南，对时势千依百顺，却总是柔弱，不堪风雨。所谓的一代才女、千古词人，也只是隐于深巷旧宅，看春花秋月，纷纷开落，悄悄圆缺。

浩浩天下，悠悠历史，被冷落的，又何止她一人。檐角的月，廊下的雨，枝上的花，水中的萍，落于她的词中，皆有了情感韵致，如泣如诉。

直到那一天，她霜华满鬓，拾尽梅花，疏淡了红尘，远离了纷乱。孤单的身影，无人问津，仍有一支笔，可号令花月，吩咐河山，安排人事。

千年的光阴，倏然而过，封存于岁月的词香，依旧浓郁不散。我与她，虽隔了沧海，却又觉得亲近，这种心意，到底难言。

她自是随了流水山风，飘飘远去，无有影踪。或守在三生石畔，等候下一世的情缘。或寄于尘寰，做一株寻常人家的花木，修炼历劫。

　　人烟渺渺，物物历然，人间巷陌里，仍闻得到梅花的香气，有欢声笑语。我的世界，恰如一卷旧词，粉黛不施，自然婉丽。

　　我是富贵荣华皆可享受，陋室雪屋亦能安住，尘世间，避得了风雨便是佳处。千年万年，风景如画，无穷远意，与我相亲的，只是当下。星辰大海，风月闲情，都是庄正的。

　　雁字回时，月满西楼。说的是喜气，也是盛景。

白落梅

戊戌年冬月　落梅山庄

卷一

学诗作词，
漫有惊人句

宋朝女子

花自飘零水自流。一种相思，两处闲愁。

想来秋风之句，相思之词，早被宋人写尽。后来，再清雅的文辞，婉转情怀，寂寥心事，皆抵不过那时的只言片语。纵是松花酿酒，薪火煮茶，小楼听雨，兰舟独上，亦少了些许柔情，少了几分气度、几分意蕴。

我曾说，宋朝是用一阕词换一壶酒的时代，也是可以用一卷词换一座城池的时代。宋朝的帝王，会写瘦金体，善绘花鸟图。宋朝的百姓，于闾巷深处，或秦楼楚馆，皆是春风得意，即兴填词。

汴京城，也曾有过繁盛景象，容世态万千，集天下之奇。金池夜雨、州桥明月、梁园雪霁、汴水秋声、隋堤烟柳、相国霜钟，这万般风景，存在于历史中，行经人世阡陌，窈窕千年。至今被人说起，依旧是百媚嫣然，摇曳生风。

　　这里，不缺香车宝马，才子佳人。这里，无数珠玉珍玩，多情词客。他道："人生自是有情痴，此恨不关风与月。"他吟："琵琶弦上说相思，当时明月在，曾照彩云归。"他说："流光容易把人抛。红了樱桃，绿了芭蕉。"

　　水满则溢，盛极必衰。宋朝的帝王，可以丢了汴京，守着江南的半壁河山，贪恋当下，不要将来。宋朝的文人墨客，亦可以舍弃繁华，远避硝烟，于柴门疏院，捧几卷词，度过残生荒年。

　　他叹："天遥地远，万水千山，知他故宫何处？怎不思量，除梦里有时曾去。无据。和梦也，有时不做。"他说："几时归去，作个闲人。对一张琴，一壶酒，一溪云。"

　　这便是词客，飘逸自如，也会意兴阑珊。兴起时，携一卷新词打马汴京长街，围炉饮酒，快意江湖；落寞时，则学晋时的陶潜，辞了仕途，归隐南山，云淡风轻。

　　有这样一位女子，她的词，名满整个宋朝。她的出现，像一场绚烂至极的花事，不落不谢。后来，多少佳人闯入文坛，试图留下几阕婉约的词，都无法相及，亦无可相比。

世间女子芸芸，李清照只有一个。她号易安居士，人称千古第一才女。都说浮名如烟，百年的消磨，抵不过寸阴的相守。这样一个女子，被封存在词卷里，高贵典雅，也孤独。

她少女心事，不与人言，落于文字，惊了时光。她喜饮酒，醉后看细雨斜风，卷帘相问，只道海棠依旧；亦喜乘舟采莲，误入藕花深处，惊起一滩鸥鹭；又或倚门回首，脉脉含羞，却把青梅嗅。

但凡女子，皆是草木一株，质朴，清新，亦柔美。每个朝代，都有许多惊艳绝世的女子，或被后人尊崇称赞，名留千古，或隐于深闺春庭，不为人知。她们所在之处，闻得见香气，好似品了一盏早春的新茶，只觉温柔婉顺，安静清和。

《诗经》里有巧笑倩兮、美目盼兮的庄姜。《楚辞》里有身披石兰、腰束杜衡的香草美人。汉有卓文君，晋有谢道韫，唐有薛涛，宋便是李清照。之后的才女红颜，若那林间花木，飘零于世，寂寂无声。

独她不同，冰雪之姿，皎皎若月；千古之音，绵绵不绝。又或许，这一切如幻境的美好，非她所愿。她要的，是停留在锦绣如织的汴京，与丈夫赵明诚，收藏金石书卷，乐此不疲；或闲隐于归来堂，和他赌书泼茶，浓情不减。

　　命运待她仁慈厚爱，远胜过平凡的众生。李清照生于书香世家，父亲李格非进士出身，乃苏轼的学生，喜藏书，善诗文。她生性玲珑聪颖，加之久受书香熏染，更是灵气逼人，"自少年即有诗名，才力华赡，逼近前辈"。

　　七岁，清照随父亲居汴京。都城的繁华，以及雅致的生活，让李清照的少女时代安逸无忧。正因了宋朝澄澈山河的现世喜乐，方有了她那许多清婉明丽的词。

　　可遇不可求的缘分，在她妙龄之时，钟情于她。世间美好之事，莫过于英雄邂逅美人，才子有佳人做伴。她是词女，遇见赵明诚，是彼此一生的幸运和福报。

　　他知她，多情姿态，婉转心事。爱她如花容貌，惊世才华。然他的儒雅俊朗，博学通透，亦是她心中所喜。他爱收藏金石书画，几近痴迷，她为他典当珠钗，红袖添香。

　　她晨起懒梳妆，他为之描眉，且深且浅。她午夜挑灯饮酒，醉罢和他翻读经史，作画填词。如此闲逸的日子，一过经年，虽有波澜，遇灾难，到底夫妇相随，情长数载。

　　李清照在《金石录后序》有写："余性偶强记，每饭罢，坐归来堂烹茶，指堆积书史，言某事在某书某卷、第几叶第几行，以中

否角胜负，为饮茶先后。中既举杯大笑，至茶倾覆怀中，反不得饮
而起。"

清纳兰容若有词："赌书消得泼茶香。当时只道是寻常。"他所追
忆的，也是与爱妻的琴瑟和鸣，浮生清欢。世间好梦易醒，情爱难长，
纵使你心志不改，亦难免受命运捉弄，人事牵绊，而有了离合生死。多
少情缘，终有散时，但求无悔。

李清照当是女中豪杰，虽柔婉纤弱，却不让须眉。她的词，婉约雅
致，又不失大家风采。她喜酒好赌，不拘小节，落落气度，旷古难寻。

李清照在《打马图经序》里写："予性喜博，凡所谓博者皆耽之，
昼夜每忘寝食。且平生多寡未尝不进者何？精而已。自南渡来，流离迁
徙，尽散博具，故罕为之，然实未尝忘于胸中也。"

政治风云变幻，令人措手不及。自古以来，朝堂之争，倦了多少名
利之客。所谓的英雄霸主，名臣良相，终难逃党派斗争。胜者自是恣意
洒脱，败者则寂寥谦逊。

李清照和赵明诚在满是荆棘的路途上行走，难免受伤。她收敛了心
情，随赵明诚载十几车书画器物回青州，隐居归来堂。赵明诚题《易安
居士三十一岁之照》，云："清丽其词，端庄其品，归去来兮，真堪偕
隐。政和甲午新秋，德甫题于归来堂。"

　　昔日京师丞相府，绿瓦红墙，寒梅闹枝，笑语喧哗。今时老宅旧庭，新竹拂窗，日子清贫如水，又不失凡尘乐趣。对着多年节衣缩食换来的藏品，夫妇二人度过了一段平静安宁的岁月。

　　奈何世道动荡，草木皆兵，何来真正的安稳？大宋的帝王，来不及从昨夜的残酒中清醒，便已丢失了半壁河山。硝烟弥漫，生灵涂炭，君王出逃，百姓亦随之流离迁徙。整座汴京城，若棠花散落，憔悴无主。

　　逃亡路上，山河荒凉，长物不能尽载，曾经的珍品，今成负累。后青州兵变，剩余的书册画卷，皆被焚毁，荡然无存。

　　南国的山水，虽多情柔软，亦不能抚平颠沛流离的心。过往诗人词客笔下的江南，于乱世中少了几许明净风流，反添了愁苦悲戚。后赵明诚死，李清照背着词卷，以及残缺的心，独自羁旅漂泊，落魄无依。

　　"风住尘香花已尽，日晚倦梳头。物是人非事事休。欲语泪先流。"若非经历生离死别，有过惊惶跌宕，又怎会唱出如此悲凉之调，沉郁之音。

　　"梧桐更兼细雨，到黄昏、点点滴滴。这次第、怎一个愁字了得！"浩浩山河，不堪一击，纷乱天下，何处寄身。那时明朗欢颜的女子，已被愁思侵满心绪。她瘦弱之身，独自撑一叶倦舟，忘记来处，不知归程。

此时的李清照，虽是美人迟暮，增添了淡淡沧桑，但风韵不减。她携着赵明诚遗留下来的文物，仓皇辗转。其间，本就为数不多的藏品，几经失散，后又遭歹人盗取，愈发稀少零落。

她孤身飘零到临安，西子湖畔的人间奇景令其哀怨，来往如织的游人使其落寞。茫茫的逃亡生涯，让她对一切感到倦怠，甚至几度陷入走投无路之境地。

然而，有个男子在她窘迫之时，闯入她的世界，给了她几丝温暖，又令她输得措手不及。他叫张汝舟，宋朝大千世界里，一个平庸的男子。他以娶天下第一才女而荣，而她却因嫁了一奸恶小人为耻。

她怎会不知，世间再无男子如赵明诚，与她情投意合，给她万千宠爱。但女子在脆弱之时，所需的只是一个温暖的依靠。她以为，自己可以和这位平凡男子安稳过完此生。她错了。

倘若没有李清照，世人根本不会记得有张汝舟这样一个人。他对她好，是贪慕她响亮的才名，更是觊觎她珍稀的藏品。婚后，他察觉李清照的金石字画所剩无几，虚有其名，便百般失望，随之冷落羞辱她，谩骂殴打她。

　　他是她的灾，是她的劫，更是她的辱。见惯风云、受尽磨难的李清照，虽错嫁莽夫，却也不甘委曲求全。一代才女，纵如蒲草，亦有其孤傲坚韧。她宁可自己深陷牢狱，亦要换取余生的自由。

　　这场灾难到底过去了，短暂却艰辛。一时间，她再嫁风波，于临安城惊起了漫天的流言蜚语。但尘世种种，或荣或辱，或成或败，终将消散。张汝舟的出现，令李清照原本就凄苦的晚年，更加悲哀。或许，人生因为有悔恨，有遗憾，才更真实。

　　爱是月圆，恨是月缺。花开是喜，花落是愁。她爱人间万物，有情无情，于她亦只是一处风景，几段心事。命运给予她的荣华富贵，远胜过灾祸伤害。

　　千帆过尽，万事若尘，微不足道。李清照的暮年虽凄苦无助，却并没有因此而意志消沉。她执笔泼墨，点染江山，伏案挑灯，书写世事。

　　她清守孤苦寂寞，一个人活到白发苍苍，悲喜皆与人无关。一个老妪，无良人相伴，无儿女可依，唯几册词卷，陪她挨过无数个细雨黄昏，凄清长夜。

　　"生怕离怀别苦，多少事、欲说还休。"人世多变难猜，诉不尽生离死别，亦描不尽沧海桑田。我愿此心如茶清澈，不因物转，不以境移，写出世人心中的才女，我眼中的易安，宋朝的李清照。

　　黄昏悄然落幕，楼台灯火阑珊，她的故事才刚刚上演。明朝，秋风过处，那漫天的流云，又不知该聚该散，是去是留。

草木之人

　　万物相安无事，不多惊扰，又到底各有所寄。岁序更新，尘缘来去，乃至光阴消逝，朝代更迭，都只作寻常。人之所在，即是江湖。凡尘所有，皆为风景。

　　人生如谜，错综复杂，唯有走到最后才知道谜底。历史悠悠，千古人物，是真实，亦是幻梦。自古名将美人，为后世传诵，但他们同我们一样，走过这片天空，终是碌碌凡人。千年名字，千年故事，落于人间，转瞬如尘。

　　有关宋朝的记忆，模糊又清晰，我只能在婉约的诗文里，猜测他们的过去。但人事本就如此，或美丽，或哀愁，或华贵，或悲壮，有兴有亡，有生有死。

　　生于哪个朝代，不能自主。我本情深，奈何缘薄。当下的一切，于我陌生，却半点不能抛舍。李清照生于宋朝，故她有幸，吟诗填词。唯宋朝可以容纳她的情思，滋养她的灵魂，成就她的才学。

宋神宗元丰七年（1084）。时值三月，人间春暖，桃红柳绿，无限情致。李清照，生于山东济南章丘。一代才女的出生，与常人并无不同，她的来到，未曾改变历史山河，亦不能惊动一草一木。

济南被称作泉城，虽不及江南的温婉秀丽、风流多情，却也有"四面荷花三面柳，一城山色半城湖"的大明湖。人之出生自有前因，无论塞北南国，贫富贵贱，早有安排。

彼时莺飞草长，陌上行人如织。万物苏醒，开始生命的轮回，花开花落，姿态万千。繁华市井，熙熙攘攘，多为名利奔走，又或者，仅仅只为简单地活着。

宋朝，词的国度。仿佛无论行至何处，都可以邂逅文采风流的才子，婉约清丽的佳人。那时，只觉春风秋水都有言语，明月溪山皆识文韵。

想来，唯有文字，可以给人宁静、通透与慈悲。尽管，李清照出生之时，北宋的繁华日渐消散，但那抹明丽的光影，依旧徜徉，流连不去。　　．

　　她的到来，只是给行将暗淡的大宋星空增光添彩。岁月苍茫，无论盛世或乱世，都难尽如人意。如若幸运，则当作此生的福报，如若不幸，亦要原谅所遭遇的种种。

　　李清照是幸运的，生于大宋王朝，书香门第。父亲李格非，乃是饱读诗书、精通儒学的才子，进士出身，承蒙大文豪苏轼赏识，成为"苏门后四学士"之一，官至礼部员外郎。

　　李格非喜藏书，善诗文，亦是北宋的文学家。《宋史·艺文志》载，李格非有《礼记精义》十六卷、《史传辨志》五卷、《洛阳名园记》一卷、《永洛城记》一卷等。

　　李格非不仅才学出众，更是一个有气节、有风度的君子。为人刚正不阿，疾恶如仇。东坡居士一生光明磊落，豪放不羁，而李格非，亦染其超然风采，浩浩襟怀。

　　自古文人孤标傲世，虽有功名之心，入了仕途，又怎经得起官场的险恶争斗。宦海浮沉，历尽沧桑。疲惫之余，许多文人墨客，抛了浮名，隐逸山林，又终难脱尘网。

　　苏东坡如此高才雅量，在官场也是多番起伏，若天涯倦客，走得潦倒不堪。李格非亦未能幸免，但他坚守在朝堂之上，无意党派之争，尽力做好自己。

李清照生母早逝。李格非再娶状元王拱辰之孙女王氏，她知书达理，性情温婉，诗文清雅。《宋史》里写李格非："妻王氏，拱辰孙女，亦善文。"

这样一位被写进历史的女子，必有其出尘之处。但她只是大千世界一株微不足道的草木，她的存在，是为了陪衬别人，鲜有与之相关的记载。

王氏视清照若己出，衣食住行皆悉心照料，让她的童年时光不经风雨。她无私的爱，暖如春风，让李清照比寻常人家的女儿更多几分娇贵，几许任性。

父亲才识渊博，母亲气质温婉，是人世给予李清照最大的恩赐。朝中的风雨，庭院的花木，乃至满室的书香、茶香，皆熏陶了她，让她对文字产生了喜爱。

造物神奇，于人于物，都有天机，不可言说，又自成境界。童年的时光，美好而悠长，不染烦恼。居于市井深院，衣食无忧，远离纷乱，烦恼亦近不了身。

那时，父亲在京为官，母亲对其关怀备至。李清照眼中的山水草木，有灵有情，可诗可画。她自小看事物的意态形致便与别人不同，女儿心事，浪漫无边。

王氏教她读书识字，也教她女红。旧时贤惠女子，不轻易出门，更不道人短长。母亲端庄安详，如同画中人物；婉顺贞静，带着仙意，又给了她现世安稳。

李清照告诉母亲，她爱书卷笔墨，不爱女红。她爱诗词里的平平仄仄，不喜世俗中的繁文缛节。对这一切，王氏没有丝毫强难，对她总是百般宠爱。这个家庭，始终不曾给她任何的束缚，于她的教育，亦是自然随心，入情入理。

李清照冰雪聪明，蕙质兰心，让李格非另眼相待。他知道，小小闺房不能困住这个满是书卷之气的女儿。她的世界，该有一片烂漫的天地，放任自由，是对她的仁慈与深爱。

十余岁的李清照，亭亭玉立，窈窕端丽，女心婉约，诗人气质。这个年华，若庭前的花开，不需丝毫修饰，亦可倾动山河。她娉婷身姿，如画堂前随风而舞的柳，其脱俗容颜，更似雨后新荷，妙处难言。

也是，一代才女，凡人纵是修行千年，亦不得其神韵。她读经史子集，善诗词歌赋，通琴棋书画，她的一言一行、一笑一愁，皆是修身、境界。

李格非曾与友人谈起女儿李清照的才华，甚为骄傲。有人引语称赞："中郎有女堪传业。"对李格非来说，人生的幸运，不是浮名功利，而是拥有这么一个珍贵的女儿。

《牡丹亭》里的杜丽娘游园，唱道："梦回莺啭，乱煞年光遍。人立小庭深院。"她为旧时女子，守陈规旧俗，年年岁岁，所游赏的，不过是自家庭院，几处楼台。

李清照却不同，她可以搁下女红，饮酒读书。甚至可以走出闺阁，看烟雨长亭，湖山落日。她的世界，如天如地，风光妙趣，没有遮拦；她的志气，更如春风桃李，慷慨达观。

李清照与许多文人一般，好酒嗜茶。她的词，离不开酒，而她每次饮酒，都不肯浅酌，沉醉方休。醉后文采飞扬，万物入了词中，与之情感相融，便成了千古绝唱。

她宁可摘花酿酒，也不愿耗费几个时辰去绣一朵并蒂莲花、几只戏水鸳鸯。诗词是灵魂伴侣，茶酒便是红粉知己，两者若明月清风，相依相守，不可或缺。

诗人的酒，有几分豪气飘逸；词客的酒，则平添轻愁忧思。唐有李白斗酒诗百篇，宋则有清照无酒不成词。她少女时期开始饮酒，嫁作人妇亦不离杯盏，暮年孤身一人，更是惜酒如命。

她用杯盏，换了浮生。"酒阑更喜团茶苦，梦断偏宜瑞脑香。"

"睡起觉微寒，梅花鬓上残。故乡何处是？忘了除非醉。"人海漂泊，一杯残酒，抵却人世凄风苦雨。

"三杯两盏淡酒，怎敌他、晚来风急。"曾经说要执子之手、与子偕老，而今只能在醉后怀想当年的情状，如露亦如电。

征鸿过尽，万千心事，若三春之景，无人收管。李清照视饮酒、赌博为闺中游戏。后来，她嫁给了赵明诚，人生更加多姿多彩。她旷达不羁的心性、天真烂漫的情思，造就了其让世人称羡的才情。

词中岁月，一刻千金。少女情怀本是诗，她不曾想象未来会有怎样的际遇，更不惊恐忧惧，只安于当下的欢喜，把日子过得有滋有味。饮酒自娱，或是出门游玩，也是自然而然，没有丝毫的矫揉造作之态。

旧式女子有的清规戒律，不落她身。陌上行人，匆匆来去，皆与她擦肩而过，换不了她一个回眸。她倾心的，是溪亭的风，日暮的云，是池中莲，水上鸥。

我对人生，总是有太多的徘徊不定，于过去的种种，有太多的遗憾抱歉。她不会，她坦然地顺从命运，又做到我行我素，她是自己人生的主角，并且甘心为之情深。

落日熔金，暮云合璧，人在何处？她乘舟而来，带着几许醉意，那远处的荷花，有一种遗世的庄严，无法用言辞描摹它的情态。如她，那么美，隔了千年，仍闻得见香气。

汴京繁华

东坡有词："大江东去，浪淘尽，千古风流人物……江山如画，一时多少豪杰……人生如梦，一尊还酹江月。"他以怀古之情、旷达之心，写浩荡江流，千古人事。却不知，自己也成了风流人物，被大浪所淘。

时光深邃，让许多过往之事，真做了假，假成了真。人于历史面前，渺小若尘，自该谦逊无言，不存芥蒂。

只是，千古繁华，万般风景，不及一箪食、一瓢饮让我觉得安稳。长江落日，暮霭炊烟，曾是谁的河山，有过怎样的人物，我皆不在意。我所居的城，李清照来过，又或不曾来过，也与我无关。

宋朝，太遥远了，转山转水，模糊不清。一眼望去，光风霁月，无可遮蔽。所幸，遗留于世的，有史书，有宋词，有温柔刻骨的爱情佳话。

那个冬夜，李清照于烛下打点行囊，准备人生第一次远行。她随身携带的，不是漂亮裙衫，也不是胭脂水粉，而是满满的诗书字画。

初雪折竹，寒梅映窗，一切静物，都是诗情，都有词意。这个宅院，虽不宽敞奢华，却玲珑雅致，陪伴了她几载光阴。在这里，欢喜多于忧愁，热闹多于寂寞。

明日，她便要去汴京，那个陌生却华丽的都城。她曾在书卷里读过，也曾听父亲素日讲过，但始终未见其真颜。

元祐四年（1089）冬，李清照行走在通往京城的路上，涉江过水，跋山穿云，天寒地冻，万木萧索。驿路断桥，有行人来去匆匆，有野梅悄悄绽放。数日之间，她走过雪落纷纷，走过板桥风霜，来到了汴京（今河南开封市）。开封，战国时的魏国，五代时期的后梁、后晋、后汉、后周，宋朝，金朝等都曾在此定都，被誉为"七朝古都"。

这座名城，在宋朝被称为汴京，堪称天下之最。有"汴京富丽天下无"的美誉。历史上著名的《清明上河图》所描绘的，便是当时汴京繁盛之景。

汴京城，果真名不虚传，举世无双。天街宝马，雕楼画栋，五湖金翠，四海奇珍。纵是隆冬寒雪，亦遮不住满目繁华。

《东京梦华录》追述了北宋都城东京开封府当年的繁盛。有序云："……正当辇毂之下，太平日久，人物繁阜，垂髫之童，但习鼓舞，斑白之老，不识干戈。时节相次，各有观赏。灯宵月夕，雪际花时，乞巧登高，教池游苑。举目则青楼画阁，绣户珠帘。雕车竞驻于天衢，宝马争驰于御路，金翠耀目，罗绮飘香。新声巧笑于柳陌花街，按管调弦于茶坊酒肆。八荒争凑，万国咸通。集四海之珍奇，皆归市易；会寰区之异味，悉在庖厨。花光满路，何限春游；箫鼓喧空，几家夜宴。伎巧则惊人耳目，侈奢则长人精神。"

奈何我生于当下，不能一睹汴京风采，就连残垣断壁，亦杳无踪迹。元代关汉卿有句："我玩的是梁园月，饮的是东京酒，赏的是洛阳花，攀的是章台柳"。

世间文人之雅事，妙趣难言。赏月观云，听雨临风，折梅踏雪，远胜于官场追名逐利。道理都懂，可甘愿淡泊、静守清欢的，又有几人？

下了马车，洗去风尘，李清照内心万千滋味，初次惊艳。她喜欢这座城，爱那河道桥梁，街巷坊市，也爱香车宝马，芸芸众生。

那时，李格非任职校书郎，其府邸虽不够豪华气派，却很是雅致清静。深院小庭，楼台轩榭，栽松种竹，藏书挂画，俨然仕宦门第，书香世家。

在此，他撰写了传世名文《洛阳名园记》。《宋史·李格非传》云："尝著《洛阳名园记》，谓洛阳之盛衰，天下治乱之候也。其后洛阳陷于金，人以为知言。"

也是在此，李清照每日于庭院煮茗赏景，悠然填词。她才女之名，岂是这小小闲庭静院能困住的。天下纷纷攘攘，那般繁闹。墙院之外，隐隐听见市井之声，怎容许她独自寂寥。

百年何其短，况她正当妙龄，低眉浅笑皆有万种风情，当不忍虚度。优雅的生活环境，汴京的繁盛之景，给了她无穷灵感。万物有情，且珍重。政治风云，不曾止息，但她仍然庆幸，生于这个时代。

素日里，李清照于宅院饮酒读书，舞弄水墨。兴起时，也去市井闲逛，购书买画，乐在其中。而这一切，李格非非但不阻拦，反而认可。他不愿庸碌的世俗，束缚住她，他希望她做快乐的自己。

无论春夏秋冬，晴天雨日，汴京城都是人潮如涌，繁闹鼎盛。街市上，酒楼茶馆，当铺药铺，成衣铺书画店，若水流花开，随处可见。

李清照爱喝酒，时常去酒楼点上几道名菜，细酌慢品，直至日落，方携着醉意归家；或去书画店，淘些旧籍字画，充盈书斋。

最让其快意尽兴的，是赌博。她在《打马图经序》中列举了几十种赌博的游戏方式，而这些，她都精通。她说："慧则通，通即无所不达；专则精，精即无所不妙。"

从少女时代开始，李清照就赌博，后来兵荒马乱，她在逃亡路上，亦念念不忘赌博之事。婚后，除了和赵明诚收藏金石字画，只有赌博能让她沉迷，并为之废寝忘食。

赌了一辈子，想必胜多输少。这个女子，于诗词上造诣极深，于生活，亦是自在洒脱。若非命运捉弄，她的一生，应亦如她在赌场上般风光华丽。

又一个夏日午后，李清照携酒出门，不邀同伴，她独自去了溪亭。池中荷花舒展，绿阔千红，如临画中。她趁着酒意，划着小舟，去往藕花深处。溪山斜阳，远处渔樵耕种，柴门茅屋起了炊烟。

她好似花神出游，摇着舟楫，于荷花丛中，清新明净。这时的她，心思纯粹，浪漫喜悦，无相思之苦，只爱这人世红尘。后来，有了那首流传千古的《如梦令》。

常记溪亭日暮，沉醉不知归路。

兴尽晚回舟，误入藕花深处。

争渡，争渡，惊起一行鸥鹭。

词人的欢喜与妙意，皆在文字中。七月盛夏，十里荷花，看不到尽头，只闻芬芳。天边几朵流云，池中有闲舟漂荡。惊起的鸥鹭，飞去林间，独留这醉意蒙胧的少女，于藕花深处，不知归路。

词人爱秋山，万物喜落红。那一年，秋色灿然，云淡风轻，李清照又去了郊外赏荷。她爱烟火人间，更爱山水自然。

日丽晴和，平湖如镜。暮秋之时，虽是红稀香少，但秋山如画，妙趣无穷。湖中虽荷花零落，绿叶枯萎，但水上白蘋，岸边青草，得清露滋润，仍新鲜翠绿。

萧瑟秋风，眠沙鸥鹭，山光水色，皆是韵味和情趣。晚荷恰似女子迟暮，但她正值韶华，怎有悲秋之意。于她眼中，纵是万木萧瑟，也无愁绪，不见憔悴。

她乘风而去，尽兴而归。后来，于秋窗下，填下这首《忆王孙》。

　　湖上风来波浩渺。秋已暮、红稀香少。水光山色与人亲，
说不尽、无穷好。
　　莲子已成荷叶老，清露洗、蘋花汀草。眠沙鸥鹭不回头，
似也恨、人归早。

她的词，是一幅江山晚秋图。水光山色，蘋花汀草，万物于她笔
下，皆妩媚多情。而她独立秋风，依旧端丽之态，喜乐无忧。不久后，
她再填一首《如梦令》。

　　昨夜雨疏风骤。浓睡不消残酒。
　　试问卷帘人，却道海棠依旧。
　　知否，知否？应是绿肥红瘦。

此词一问世，惊动了整个汴京。《尧山堂外纪》曾写："当时文
士，莫不击节称赏，未有能道之者。"

才女之名，若日出桃花，雨后海棠，无可遮拦。一切都是天意，她
的淡淡轻愁，落落情思，必然要惊艳大宋。

历史的光影，在窗外徘徊，千年悠思，于秋风下，愈发清宁旷远。

倘若没有写下那些诗词，李清照也只是宋朝一个寻常的女子，静坐深闺中，隐于闲窗下。时间久了，没有谁会记得她曾来过。

　　午后光阴寂寂无声，待我煮一壶陈年的茶，把那远去的故事，细细说来。

名士风流

　　岁月悠悠，又怎管江山兴废，人事变迁。若逢盛世，自当感恩苍天厚待，若遇乱世，亦不必怨叹怀悲。自古王朝更迭，如花落花开，而我们所拥有的，仍是当下的现世人间。

　　大宋政坛，经过几番明争暗斗，到了这时节，可谓风雨飘摇，七零八落。而汴京城，依旧万千锦绣，来往的商客，秦楼的歌妓，以及多情的文人，用其微薄之力，支撑着盛世的太平。

　　王安石主张变法，和他一起的人为变法派，亦称"新党"。朝堂里那些反对变法之人，则为保守派，亦称"旧党"。

　　王安石、曾布等人，属于新党，欧阳修以及司马光、苏轼等人，则属于旧党。这场党派之争，从王安石变法开始，几番来回，旷日持久。

许多尘世争端，难说谁是谁非，亦无对错可言。唯权力的天平，在群臣的争斗中，起落不定。千百年来，朝堂的风，何曾有过止息。

经过宋神宗自比尧舜的激情，高皇后垂帘听政的苛刻，又到了宋哲宗无能为力的愚蠢。群臣之间，互相攻讦，或风或雨，或成或败，皆是一念之间。作为苏门学士之一，李格非也深陷其中，难以脱身。

那时的李清照，身在闺中，名扬汴京。她心上眉间，唯有诗词茶酒，花月草木，自不问人间悲欢，不理朝政之争。

她知道，汴京乃宝地，这里墨客云集，才子遍地。在那街巷间，秦楼楚馆里，不知留下多少风流故事。穿过柳巷石桥，或寻一株花草，或吟咏几番。普通一处院落，也不知醉过几回风雅。

李清照的名声，若人间四月，韶华胜极。亦因机缘结识了几位词客，其间，晁补之、张耒二人见证过她最美的时光。几位才子虽未亲身教学，然对李清照词风的形成，甚至她《词论》的主调，皆有影响。

晁补之是"苏门四学士"之一，能书会画，犹善填词。李格非是"苏门后四学士"之一。二人师出苏门，不仅文风相似，且关系密切，非同寻常。元祐间，李格非、晁补之曾共事于国子监，深有同僚之宜。

苏子高才雅量，人品胜仙，又工诗善词，文墨无匹，当时英彦，皆以文章拜谒，自称门生。故苏门之下，一时高才若林，群英荟萃。倘若可以，我亦愿梦回宋朝，与他比邻而居，分一窗秋月，一帘烟雨，足慰平生。

李清照未必见过苏子，然定知其名，深读其文。苏子未必知道清照，纵知，不过门生千金。她工词善墨，许多年后，数篇佳作，惊艳了宋朝。他之才名，旷古难寻；她之清韵，绝代无双。

人生机缘，玄妙莫测。纵同处一个时代，共一片天，哪怕走在一条街市上，也未必可以相识。也许，苏子和李清照，便有过那样一个美好的擦肩。在汴京某间酒肆，某座石桥，或某个雨巷。

苏子被贬儋州（今海南儋州市）时，清照才十四岁。苏子病亡，清照也才十八岁。那时李清照虽有慧心，词句之上，比起名家，不足胜之。但那时的她，已能让晁补之惊叹，并常于人前夸其文采，赞其慧心。

晁补之曾有篇《有竹堂记》，是在李格非任职太学，得了一处宅子后，为他所写。其间有："率午归自太学，则坐堂中，扫地置笔研，呻吟策牍，为文章日数十篇不休。如茧抽绪，如山云蒸，如泉出地流，如春至草木发，须臾盈卷轴。"句中所赞，为李格非才思。

李格非公务之余，闲暇之时，于那幽雅小院，研墨提笔，才思泉涌，提笔百篇。情思动处，犹如白茧抽丝，连绵如缕；如山上云蒸，弥漫不歇。若泉流出地，汩汩不绝；如春风濡墨，淋漓成篇。春风过处，草木群发，成锦成绣。

有父如此，安无其女？自识字以来，李清照便喜读诗书，来京后，又识得晁补之，得其文中精髓。

李格非颇善文章，于词一事，却并不擅长。而晁补之乃宋词大家，后人称"其词神姿高秀，与苏轼可以肩随"。他的词，不弱苏子。

故李清照每有词，皆付晁补之评点。晁补之既善此道，自不吝赐教，亦知清照之才，非凡辈可及。后来，二人互慕词笔，惺惺相惜，成了忘年之交。

北宋时期，词作虽多，词论稀少。李清照《词论》一出，方有词"别是一家"之说。在此之前，晁补之有一篇评词作品，对李清照《词论》形成颇有启发意义，即《评本朝乐章》。

李清照《词论》评遍诸家，述尽其短，不留情面。唯有晁补之，不曾评点，非其词采不足，难入评语，更多的，怕是一份尊重。

人生在世，山长水远，又到底匆匆，短如烟云。或为名花，惊艳时光，或为凡草，默默无声，但都有其存在的使命，端正庄严，不可侵犯。你是风流词客也好，是市井小民也罢，都在同一光阴里，身处一样的红尘，尝一般的烟火，没有分别。

"苏门四学士"之一的张耒，和李格非亦有很深的渊源。相比晁补之，张耒并不善词，而更工于其他文体。正如他在诗序中写道："予自童时即好作文字，每于他文，虽不能工，然犹能措词。至于倚声制曲，力欲为之，不能出一语。"

他善作文，吟诗，不善填词，可见词之一类，别于其他文字。此观点，即是清照《词论》之核心语，词乃"别是一家"。

那日，李清照读了张耒著名的《读中兴颂碑》，甚是喜欢。一时间，心中感慨良多，对历史河山，对政治纷纭，对大唐兴衰，仿佛有了更深刻的认知。

她当即提笔，写了《浯溪中兴颂诗和张文潜》两首和诗。笔势纵横，磊落不凡，托古讽今，寓意深远，令人拍案叫绝。

其一

五十年功如电扫，华清宫柳咸阳草。

五坊供奉斗鸡儿，酒肉堆中不知老。

胡兵忽自天上来，逆胡亦是奸雄才。

勤政楼前走胡马，珠翠踏尽香尘埃。

何为出战辄披靡，传置荔枝多马死。

尧功舜德本如天，安用区区纪文字。

著碑铭德真陋哉，乃令神鬼磨山崖。

子仪光弼不自猜，天心悔祸人心开。

夏商有鉴当深戒，简册汗青今俱在。

君不见当时张说最多机，虽生已被姚崇卖。

其二

君不见惊人废兴传天宝，中兴碑上今生草。

不知负国有奸雄，但说成功尊国老。

谁令妃子天上来，虢秦韩国皆天才。

花桑羯鼓玉方响，春风不敢生尘埃。

姓名谁复知安史，健儿猛将安眠死。

去天尺五抱瓮峰，峰头凿出开元字。

时移势去真可哀，奸人心丑深如崖。

西蜀万里尚能反，南内一闭何时开？

可怜孝德如天大，反使将军称好在。

呜呼，奴婢乃不能道辅国用事张后尊，乃能念春荠长安作

斤卖。

此诗分析了大唐安史之乱，唐王朝军队一败涂地之因。这是历史的
教训，山河的言语，不需要叩问，也无须解答。她借嘲讽唐明皇，告诫

宋朝统治者"夏商有鉴当深戒，简册汗青今俱在"。

一个涉世未深的少女，素日里吟风弄月，折梅采莲，又怎知她有如此襟怀？她单薄之躯，却生出对朝政深切的忧虑，世间多少男儿，亦无此气度，纵有，也未必有这铿锵之音。

世人心中的李清照，当是文辞清丽的婉约佳人。这时的她，还不曾经历聚散离合，也没有悲喜得失，就连一场美丽的爱恋，都未邂逅。又何来的缠绵悱恻，更莫说兴废沧桑。但她不染世事，却深晓天下，此为才女之性灵，凡人不懂。

她淡妆天然，手执荷花，于轻烟般的垂柳下，别有风情。她本人，便是一阕婉转的宋词，红尘经世，只待有缘人解读。

又或许，对世间的富贵名利，恩怨情爱，她皆有心。像她这样的女子，内心深处所装的，又岂是个人的喜怒哀乐。况其父寄身朝堂，朝夕相处耳濡目染，怎能波澜不惊。

王者兴，则花事灿烂；王者衰，则百花凋谢。她虽心有所忧，却不多愁烦，仍于汴京城的街巷饮酒自娱，赌博消遣；或坐书房抄隋朝的经，读大唐的诗，写当代的词。

晚风庭院落梅初。淡云来往月疏疏。

今生缘起

　　女子情思，恰如一场花事，从含苞初放，渐至灿烂，直至凋零，皆无所依。但凡心事，都有情致，有意韵，有许多道不明缘由的温柔。它是清绝的伏笔，亦为凄美的结局。

　　其中，有春去春归的情缘，月圆月缺的故事。一场细雨微风，花归花，尘归尘，仿佛未曾在这个世间出现过，却又动魄惊心。

　　世间最美的，不是花开，亦非月圆，而是女子情思。它是《诗经》里唱了三千年，不肯停歇的雎鸠，是秋水河畔，始终寻不到的伊人。

　　《牡丹亭》里的杜丽娘，怀着幽思，在一场梦中，遇着那执柳的书生，结下奇缘。虽几经离合，出生入死，终携手共拥花好月圆。

　　红尘多少有情人，经历了聚散，看淡了岁月，才深解那句"如花美眷，似水流年"。与相爱的人，相守相知，一刻千金，胜却山盟海誓。

李清照不仅才情出众，满腹诗词，亦是情中女儿，百媚千娇。她的词，有的不只是明月春山，疏梅竹影，还有瑶琴寂寞，情深意浓。

浣溪沙

小院闲窗春色深，重帘未卷影沉沉。倚楼无语理瑶琴。
远岫出云催薄暮，细风吹雨弄轻阴。梨花欲谢恐难禁。

小院闲窗，珠帘不卷，她心中有了闺中女子的脉脉情思。万千心事，无人诉说，看细风吹雨，似雪似梨花。光阴荏苒，人世仿佛什么也没有发生。

千百年来，有人看淡了富贵，愿守一世清贫，倚着篱笆，看云飞阡陌，日落崦嵫；有人看淡了功名，卸下儒冠，脱去青衫，做个山中宰相，字里公卿。唯独情爱，是许多人一生也走不过去的山水，参不透的玄机。

那年冬天，不知她在何处雪山梅畔，又吟咏了多少妙词锦句。她的声名，早已誉满京华，不可阻挡。无论是寻常巷陌、百姓人家，还是深府内院、达官显贵都知道李府有位佳人，妙笔生花，才华亦绝代。

到了元夕节这天，年气犹存，百物皆喜。虽然当时国势已衰，京中的达官贵人，却不受太多惊扰。红墙高院，亭台楼阁，万物顺应时节，或荣或枯，亦与人无关。

一场雪罢，天地间，寂静纯然。偶有几只飞雀，跃于亭台间，闲逸安然。草木萧条，被白雪覆盖，待来年发新枝。

晨起的仆人，将庭院打扫得干干净净，只待雪霁云开，欢度佳节。这些汉唐传统的礼乐，传承至大宋、明清，乃至当下，后人始终遵从，从不怠慢。

这日傍晚，李格非携了家眷，行至相国寺，共赏花灯。宋朝是个风花雪月的朝代，亦是以文为上的朝代。一旦有佳词、妙文，即可笑傲王侯，自比卿相。

他们并非不知山河飘摇，时局跌宕，而是大宋朝的运数已定，又岂是手无缚鸡之力的文人可以改变的。他们愿天下和平，百姓康宁，在属于自己的朝代里，做所喜之事，赏所想之景。

这里的相国寺，本为战国信陵君故处。北齐时兴建而成，原名建国寺，后遭灾祸被摧毁。唐朝时，一个叫慧云的和尚，募银重建，睿宗敕令改名为"相寺"，并赐"大相国寺"匾。

经得几番风雨，或毁或建，或兴或衰。又不知历了几代帝王，有过多少僧侣，以及多少往来的香客。到宋初，又经修缮，至今时，越发雄伟不凡，妙法庄严。

相同的景致，一样的情肠，诗人眼中是诗，画师眼中是画。而众生眼里，是寻常草木，日月风雨。

"文章本天成，妙手偶得之。"寥寥几字，高低尽现，优劣立辨，亦为古诗词之乐趣。风景亦是天成，看似不变的日月交替，花开花谢，实则早已人事迁移，岁月流逝。

相国寺外，灯笼满挂，各式各色，映着霜雪之辉，明畅清晰。路上车水马龙，人声喧嚷，千古繁华，未曾消减。

宋人最喜元宵佳节，无论王侯，还是白衣，皆趁此良宵，抛开身份，洗去俗尘，尽情欢乐。赏花灯，猜灯谜，千万个人之间，便有千万种相逢，也有千万个错过。

欧阳修有一首《御带花》，述尽元夕佳景之繁盛。

青春何处风光好，帝里偏爱元夕。万重缯彩，构一屏峰岭，半空金碧。宝檠银钅工，耀绛幕、龙虎腾掷。沙堤远，雕轮绣毂，争走五王宅。

雍容熙熙昼，会乐府神姬，海洞仙客。拽香摇翠，称执手行歌，锦街天陌。月淡寒轻，渐向晓、漏声寂寂。当年少，狂心未已，不醉怎归得？

一阕词，足见当时汴京的壮阔风流。千万重丝绸，筑成一座座似山的彩楼，金碧辉煌，耀眼夺目。各色花灯，漫天光影，映在红色帷幕上，腾跃不止。

香车宝马，络绎不绝，穿行在秦楼楚馆，奔走于贵族府邸。闹市赏灯的百姓，亦是个个开怀，不急不缓，恣意玩乐，不计贫富。

那时的天子，亦不负佳节，携了妃嫔，亲临锦绣街上，赏花灯，与民同乐。如此盛况，直至天光将晓，一切方静下来。而街市上，仿佛从未有人踩踏过，喜气消散，水木清华。

不是宋人偏爱此，自古元宵本佳节。如此繁华胜地，这样的宝刹名寺，自是迷人眼目，流连忘返。

李清照内心虽安静，不喜铅华，但见如此良辰美景，亦是喜悦不尽。只是浮生若梦，花灯如雨，这往来穿梭的人，于她眼中，皆是可有可无的风景。然而，这些风景入了诗词，便又成了千古佳作。

李格非领了家眷各处游览，一边赏灯，一边寻雅。长廊间，僧房下，林木上，亦挂满了灯笼。诸多赏客，进进出出，摩肩接踵。

她竟不知，这人海中，果真有那么一个人，与她缘定三生。更不知，这段偶然的相遇，让她爱了半生，误了半生，风华半生，亦飘蓬半生。

赵明诚，也算是宋朝世界里的一个人物。倘若没有李清照，他只不过是浩浩时间长河里的一个普通人。其父赵挺之虽为北宋大臣，但他本人的仕途，并不顺遂。

赵明诚这一生，最爱的、令其矢志不渝的，不是李清照，是他的金石之学。他曾说："余自少小喜从当世学士大夫访问前代金石刻词。"后来与李清照成婚，夫妻二人情趣相投，志同道合。他对金石字画，痴迷不已，誓与生死。

据说，那日赵明诚和李清照堂兄李迥，共赏花灯。也不知前世多少次的回眸，换来了他们此生的邂逅。李清照，素雅裙衫，婉约姿态，可谓是清丽佳人。而赵明诚，亦是相貌堂堂，气宇轩昂。

她词人心性，温柔敏感。仅是一个瞬间，那原本平静的心湖，便起了涟漪。这么多年，不曾有过的悸动，因他而起。那一刻，她的心，若初阳里的新枝，美好温暖。

李清照竟无心再观灯赏月，万千情思，不知如何安放。这几年，居于帝都，亦算是见过山水众生，但从未如此刻这样悸动。

赵明诚久闻李清照才名，亦读过她的许多词，对其心存爱慕，赞赏不已。今日得此机缘，一睹才女真容，了了心愿，自此人生再无憾事。

他也是一位才子，亦懂诗词，虽远不及李清照，但他儒雅的气度、非凡的谈吐，令她内心柔软欣喜。自古男欢女悦，无非一个缘字。有缘者，天南地北亦会相逢。无缘者，朝夕相处亦不得真心。

李清照的明净旷达，才情风骨，胜过了赵明诚。但他对金石字画的执着，让她甘愿与之共赴安稳现世，为之长夜挑灯，风雨相随。

然而，后来夫妻分隔两地，赵明诚竟生二心，背弃誓约，让人失望；再后来，在叛乱中，他懦弱逃逸，又让李清照心意疏远。假使他没有这么做，这段千古爱情，堪称完美。

他怎知，逃亡路上，她宁可抛弃衣物，餐风饮露，亦要守着他们收藏的古器字画。好在这一切，没有影响到他们夫妇苦乐相随三十载的感情。我们都记得，曾经有一位才子和一代佳人，于归来堂，赌书泼茶，岁月静好。

岁月无情，不因人改；韶光易逝，不怜花落。他在时，她新词清丽，好处难言。他走后，才有了那断肠之句，哀怨之音。

　　这一次相逢，她倾尽了一生，也许有幸福，也许有遗憾。情缘如水，覆水难收，不可收，亦不必收。

卷二

新桐初引，
多少游春意

弱水三千

人海茫茫，不过一个你，一个我，擦肩而过的缘分，执手相看的身影。都说弱水三千，只取一瓢饮。然而这一瓢，亦是在汪洋大海里觅得。缘起于此，亦尽于此。

一样的春风，不一样的心情。细草柔柳，百花入眸。李清照坐于花枝下，百无聊赖。她本明朗之人，万物不能轻扰其心，对人世亦无惆怅悔意，如今心中却因相思起了悲伤。

大宋王朝，在那时也有了悲凉之气。宋哲宗病逝，端王赵佶在向太后等人的极力推崇下，得以即位。他便是那位"诸事皆能，独不能为君耳"的宋徽宗。

宋徽宗，能书善画，师从诸家，取意天然。他自创瘦金体，落笔清瘦，又风姿绰约。他在画纸间，绘高山流水，描阳春白雪。他曾说：

"朕万几余暇，别无他好，惟好画耳。"

徽宗精于工笔画，花鸟、山水、人物、楼阁，无不喜。提倡诗、书、画、印结合，相映成趣。他的画，形神兼具，用笔灵活清秀，舒展自如，有祥和宁静之气。

他亦注重写生，体物入微，以精细逼真著称。相传，他曾用生漆点画眼睛，使之更加栩栩如生，令人惊叹。

宋徽宗爱茶，撰写了《大观茶论》，为历代茶人所引用。宋朝盛行茶事，有点茶、斗茶、茶百戏等。徽宗精于茶艺，多次为臣下点茶。蔡京《太清楼侍宴记》载："遂御西阁，亲手调茶，分赐左右。"

这样一个帝王，可以将花鸟画入山林，将飞云起于泉石。他品百草，饮花露，却不能打理万里江山。他倘若不做宋徽宗，当与万物众生更加相亲，坐于他宽敞的书房，安稳地写着他的瘦金体，淡然闲适，不扰不惊。

宋朝的山水风月，诗词茶酒，原本足以滋养他一生，他却被困在龙椅上，看着日渐萎落的河山，无能为力。他只想做个散淡的闲人，品茶作画，风雅无边。岁月待人总是好的，缘何辜负了他。

所幸，世间还有一段美丽的尘缘，等着一些人相聚，相守。自那次匆匆邂逅，李清照再不能回到纯粹的自己，只因心里住了一个人。满腹幽怀，万千情思，皆付于词中。

浣溪沙

绣面芙蓉一笑开，斜飞宝鸭衬香腮。眼波才动被人猜。

一面风情深有韵，半笺娇恨寄幽怀。月移花影约重来。

女子的爱，水远山长。她心中的欢喜，胜过了忧愁。这段缘分，于恰好的时间出现，亦算不负她韶华。她知道，以后与那人相关的一切，皆是称心的。一旦付出，此生亦无怨无悔。

而他，自逢了那倩丽身姿，相思难忘。每日捧读她的锦词秀句，更是魂牵梦萦。那时的赵明诚未得功名，还是太学生，但他博览群书，深谙金石书画收藏，也算出类拔萃。

一日，赵明诚趁太学歇课，约了李清照堂兄李迥，一同前去拜访李格非。赵明诚虽是赵挺之的第三子，但他生性豁达，不拘小节，无党派之分。他此次前去李府，说是拜谒李格非，实则醉翁之意不在酒。

他到时，李清照正于庭院打秋千，香汗淋漓。闻得有客来访，慌忙躲避，偶然一瞥，知那俊朗公子正是多日来想念之人。倚门回首，院中青梅似通灵性，风过处，幽香阵阵，沁人心脾。

打秋千，为古代闺房女子消遣的娱乐。她们素日里，除了女红，再无别事。东坡曾有词："墙里秋千墙外道。墙外行人，墙里佳人笑。笑渐不闻声渐悄，多情却被无情恼。"

李清照便是那墙里的佳人，赵明诚则是那多情的过客。她知他心意，故不刻意回避，只藏于门扉后，悄悄窥看。后来，便有了那首《点绛唇》。

蹴罢秋千，起来慵整纤纤手。露浓花瘦，薄汗沾衣透。
见客入来，袜划金钗溜。和羞走。倚门回首，却把青梅嗅。

女儿娇态，婉转情思，落于纸上，生动且真实。在她心里，他便是她的词，字字如珠似玉，愿惜之爱之。有缘之人，如见花开，不必经受时间的消磨，便已情难自禁。

赵明诚和李格非品茶对话，自是心不在焉，有些拘谨，甚至不知所措。他脑中浮现的，是方才李清照荡秋千的模样，似飞燕，若彩蝶。辞别时，他亦见得门前的青梅，暗香盈盈，春光那般明媚，一如他们的情缘。

奈何这缕梅香，入了心扉，自此再也挥之不去。赵明诚归去后，比之从前，相思更紧。他迫切想娶清照为妻，却知彼此之间，隔了一片难以逾越的沧海。

赵明诚虽是太学生，却知道父亲赵挺之和李格非因党派之分，素来政见不合。他知道，倘若自己直接对父亲坦露心迹，必遭拒绝。百般思量，赵明诚打算以一种婉转的方式，对父亲诉说心事。

元代《琅嬛记》曾记载，有一日，赵明诚做了一个梦，醒后，甚觉怪异。他便告诉赵挺之，说梦见一本书，其间内容皆模糊不清。唯记下三句话，他不解其意，盼父亲解答。

"言与司合，安上已脱，芝芙草拔。"赵挺之看罢，知这只是简单的文字游戏，不足为奇。然赵明诚之用意，他已心知肚明。

此三句话，是"词女之夫"之意。赵明诚费尽心机，以梦为由，亦只是转达父母，他早已心有所属。那时的汴京城，才女如云，然享誉京师的，独李清照一人。

赵挺之是何等人物，他身居高位，城府甚深。如今宋徽宗登基，朝局动荡不安，形势暂不明朗。他素来和李格非政见不合，又怎肯轻易答复儿子和其女的婚事。

赵挺之是王安石变法的拥护者，与保守派苏轼、黄庭坚等结怨甚深。李格非作为"苏门后四学士"之一，自然也成了赵挺之猜疑排挤的对象。

在苏轼看来，赵挺之贪婪无比，学问和品格，无可取处，难当大任。曾有言："挺之聚敛小人，学行无取，岂堪此选。"

赵挺之心胸狭窄，是有仇必报之人。在那之后的政治斗争中，他对苏轼以及苏轼的门生，丝毫不留情面，可谓冷酷至极。

赵挺之不能让任何事情，撼动其多年来苦心谋求的地位。他坚守的城池，亦不容许任何人侵犯。所以，这场联姻，他必须谨慎，稍有差错，将身入险境，难以脱身。

所谓高处不胜寒，赵挺之看似游走官场，春风得意，内心无日不惊慌。兴时，则天高云淡，繁花似锦；败时，则功名散尽，人走茶凉。只是一入官场，又有几人甘愿随遇而安。

赵挺之的拒绝，让赵明诚苦思而来的方法未能奏效，心中不免懊恼颓丧。然父命难违，他不得做主，只好埋头读书。闲暇时，继续寻访、收集金石书画，沉浸其中，不问春秋。一旦闲暇，那入骨相思，比梦还长。

光阴似水，不为谁驻，年华若梦，欲画难成。光阴消逝于指尖，捉不住；光阴藏于鬓间，拂不去；光阴落于履下，且行且少。

等待，对于一个男子来说，虽漫长，却也还能承受。而于一个女子而言，花季短暂，没有多少时光经得起消耗。

他们心意相知，灵魂相通，却与凡人无异，抵不过世俗的隔阻。李清照每日于寂寥深闺，怅然难言，唯有尘埃落定，方能彻底释怀。

那时的她，名动京师，才貌皆是上品。如此声名，不知惹得多少达官贵人、风流名士为其心动。况她芳年华月，待嫁闺中，去李府提亲之人，自是络绎不绝。

庆幸的是，李格非通情达理，一直对李清照宠爱甚深。这样一位旷世才女，冰雪心性，他又怎忍心她受半分委屈。他不容许自己草率的决定断送她一生的幸福。

官场纷纭，党派之争，成败输赢，尚有转机。漫漫人生，婚姻之事，一旦出错，则再无回转余地。这不是一场赌局，纵是，他们都输不起，也不能输。

岁月无欺，虽说女子一生凄凉，却也平稳。嫁了那么一人，也就有了归宿，无论是爱是怨，是喜是忧，守一辈子便好。至于这一生有多长，早有定数，无须猜测，亦不劳挂牵。

之子于归

我喜欢旧式婚姻的庄严稳妥，又喜欢当代婚姻的自由。婚姻本是人生一桩大事，牵系了一个人一生的命运。这是一场修行，有人早些，有人迟些，也有人可以省略这个过程。

旧式男女，多是父母之命、媒妁之言，他们素未谋面，便要厮守终生。那种相守，需要非凡的勇气与决绝。他们之间可以没有爱，但要和对方同担风雨，共赴人生。

并非我执着缘分，听信宿命，而是尘世种种际遇，早有安排，竟半点由不得人。若是男女相悦，情投意合，愿朝暮不离，任凭地老天荒；若是相嫌相厌，则余生漫漫，忧思难安。

兵荒马乱的年代，瞬息万变，无人能猜测其中变数，亦不能预知结局。那时的赵明诚，每日郁郁寡欢，他的幸福，成了父亲用来巩固地位的筹码。旧时的帝王之家，官宦之家，虽锦衣玉食，却亦有寻常人不解的悲哀。

有一个钦慕、思念的男子，于李清照而言，是一种幸福。原以为，此生寄情寒梅冷月，如今，她愿依附于他，将日子过成一阕婉约的词。

只是他们明明同在汴京，情意相知，却隔了越不过的山水。她虽多情，饮佳酿清茶，写风流词句，静下心时，独对月色，想着这段情缘，又不免黯然伤悲。

若干年后，有一位叫陆游的诗人写道："山重水复疑无路，柳暗花明又一村。"也是，世事变幻莫测，通达时或遇坎坷，入险境或有转机。这背后，有机遇，也有个人信念，结局或喜或悲，都要坦然。

宋徽宗即位后，为平息多年来的党派之争，执行了一个折中政策，既不偏袒新党，亦不偏袒旧党，定年号为"建中靖国"，以示"本中和而立政"之意。

宋徽宗爱山水自然，这把龙椅，他本就坐得漫不经心，甚至不屑一顾。守旧派和变法派日渐激化的斗争，令其神伤。如今不偏不倚之策，让原本纷乱不堪的朝堂，暂时有了些许的宁静祥和。

那些往日相争的官员，亦觉彼此都有误会，愿自此消除偏见，不再兵戈相向。矛盾有了缓和，但谁也说不清这平稳之态能持续多久，也许一月，也许一年，也许更久长。

自古朝堂变幻万端，这场风，吹拂千年，不愿止息。个人的起落，与江山的浮沉相比，是那么微不足道。然女子朴实无华的一生，可胜却王者的叱咤风云。

正是当下平稳的时局，促成了李清照和赵明诚的姻缘。赵挺之和李格非，虽分属新旧两派，但毕竟不是首领，不曾有过正面的纠葛和冲突，亦无深刻的过节。再者，二人同朝为官，彼此都不必太过气盛。

赵挺之反复思量，应允这门亲事，合乎皇上之意，也顺了儿子之心。他知李格非之女李清照才貌双全，名满汴京，儿子能娶这样一位才女过门，亦是一件幸事。

更何况，赵明诚对李清照早已青睐有加，几番央求，遇此良机，又岂有阻拦之理？才子佳人，两情相悦，且门当户对，可谓天赐良缘。

几番衡量，赵挺之终于欣然同意了这门婚事。于是，赵挺之请了一位政治上相对中立的官员，去李家送草帖。

李格非为人清正，视李清照为掌上明珠，她之婚事，自是慎思。他不为自己的仕途前程，但求女儿有个美满归宿。

　　李格非深知赵挺之的为人，他们之间，永远有越不过去的沟壑。更何况，局势动荡，纷争难平，他不愿李清照卷入浪涛，负累一生。

　　奈何生于官宦之家，又岂能过上平静安宁、毫无纷扰的日子。李清照的心意，他早已深知，如今赵家提亲，亦算其好梦成真。

　　赵明诚的学识人品，可谓百里挑一。他少年有志，磊落澄澈，与其老谋深算的父亲，自是有别。李格非虽有顾虑忧思，却始终以女儿心愿为重，故欣然答应。

　　宋徽宗的政策，赵挺之的成全，李格非的准许，让这对有情人终成眷属。或许，这就是缘分的可爱之处，亦是可怨之处。

　　倘若没有这段良缘，便没有日后的无边风雅，斗酒斗词，赌书泼茶，共著金石。自然，亦没有她奔波流离的窘迫，天涯失夫的孤苦，以及美人迟暮的凄凉。

　　或许，李清照游走于汴京城，亦能邂逅另一位才子。伴她诗酒年华，与她耳鬓厮磨，远离政治纷扰，相守终老。那么，她的人生，将是另一番际遇。她的诗词，亦会是另一种风致。

　　她本独行，因了这段缘分，和他相聚一起，自此共度春风秋月。只是缘来难推却，缘尽则自散，万般是非荣辱，聚散离分，总难自主，唯求命运成全。

　　人处世间，最大的幸运，并非拥有多少名利，而是遇到一个与自己灵魂相通的人。恰好，年岁相仿，恰好，相识相知。又恰好，真心相悦，不生恼怨。尘世知己，纵使不是夫妻，不是亲眷，亦不枉此生。

　　俞伯牙摔碎了瑶琴，只因人世苍茫，再无钟子期这样的知音。若是心意相知，怎管那贫富有别，又怎管那关山迢递，唯愿超凡脱俗，不渝此心。

　　古人有诗："君生我未生，我生君已老。君恨我生迟，我恨君生早。"读来有一种真切的无奈，刻骨的感伤。人间多少情缘，被世俗阻隔，难遂心意。只那般，无端付了春红，匆匆，太匆匆。

　　唐时才女鱼玄机有诗："易求无价宝，难得有心郎。"无价之宝，于达官贵人之手，代代相传。而有情有义的郎君，却是自古不多。天下男儿多薄幸，纵使相爱一时，也难守一世。

　　自古动情容易守情难。女子的爱，不染尘埃，却念念不忘。男子的爱，似流水花开，消长难定。赵明诚不是画眉的张敞，不是偷香的韩寿，他只是赵明诚。

汉时司马相如，一曲《凤求凰》博得卓文君欢心。她愿为之放弃富贵，不惧流言，与其矞夜私奔。后于街市当垆卖酒，甘苦相随，誓守终生。

司马相如写《子虚赋》，蒙汉武帝赏识，又以一篇《上林赋》被封为郎。拥有名利的他，生了异心，欲纳茂陵女子为妾，故而冷淡卓文君。那时的他，全然忘记她为其私奔时的决绝之情，伴其风霜苦楚的爱意。

若非卓文君用其惊世才情写下《白头吟》，让他羞愧难当，想必司马相如早已将她遗弃在千里之外，不肯问津。他自觉愧对文君，之后再不提纳妾之事，自此白首相依，于林泉安稳度日。

才子佳人的故事，有良缘，也有孽债，李清照怎会不知。奈何她钟情于他，日后或荣或枯，或爱或怨，当是无悔。人生在世，无论以哪种方式行走，都是历劫。

她只管当下，当下一切称心如意，便好。李格非给赵家送去了定帖，具列了房奁、首饰、金银、宝器、帐幔等物。李清照和赵明诚依了当时士大夫的习俗，商量之后，便简单行过婚礼。

宴席上，满堂亲宾，鼓乐声声，执壶把盏，衣影杯光。一番喧闹后，万物静默，夜色清明，繁星满天。洞房里，红烛高照，她敛眉端坐，略施脂粉，妩媚倾城。

两位玉人，深情对望，自此共一窗月色，几缕清风。以后的日子，她便是这里的新人，镜前他为她描眉插簪，厨下她为他煮茶熬汤。几千年来，大多夫妻如此，新人成了旧人，当下成了过往。

宴尔新婚，郎情妾意，不知时日。她初为人妇，虽是官宦人家，亦无须过于拘谨。依旧如院外新竹，庭中飞蝶，自在翩跹。闲暇时，饮几盏小酒，填几阕新词，才情不减，风韵依然。

那日，春花盛开，赵明诚携了她，去明光宫苑赏花。从晨起至日暮，直到秉烛，情致未消。李清照即兴填词，聊记一段风雅。

庆清朝

禁幄低张，雕阑巧护，就中独占残春。容华淡伫，绰约俱见天真。待得群花过后，一番风露晓妆新。妖娆态，妒风笑月，长殢东君。

东城边，南陌上，正日烘池馆，竟走香轮。绮筵散日，谁人可继芳尘？更好明光宫里，几枝先向日边匀。金尊倒，拼了画烛，不管黄昏。

容华淡伫，绰约天然。妖娆艳态，妒风笑月。暮春三月，盛世升平，词人赏花亦惜花，有情更情深。她赏的是牡丹，或是芍药，名花或是凡品，皆不重要。时光静谧，春色花影，金樽玉露，又怎管烛尽黄昏。

恰似当下之景，漫漫茶香，袅袅炉烟，不知吹去哪个朝代，何处墙院。窗外的世界，草木闲庭，有一种地老天荒的悠远。我在别人的故事里，赏花读词，漫不经心。

沽酒换词

诗人词客眼中，世间万物皆有性灵，与人相亲。日色阡陌，微雨庭花，自是温柔。红尘中不论才子佳人、村夫俗妇，万般景致，都有情义，也有故事。

她寻得美满姻缘，不贪富贵；她读书填词，不慕功利。这样一个绝世无双的女子，心思简单，无近忧，也无远虑。她像早春的梅枝，迎雪开放，不急不缓，又争到了佳时。

若是寻常女子，初做新妇，当穿针引线，煮饭烧茶。往后的日子，侍奉翁姑，相夫教子。

李清照有自己的生活方式，无论是居父母家，还是寄身夫家，她都安然无忧。对月饮酒，凭栏赏花，人世自有一种清华。

赵挺之每日奔忙于朝堂的事，毫无闲暇去拘管他们这对小夫妻。赵明诚的母亲宠溺儿子，对这位满腹才情的儿媳也甚是喜欢。故李清照婚后，和以往闺中生活，并无两样。

不同的是，以往待字闺中，作词遣兴，无人问答。如今身边，有一位知心解意的郎君，让原本就静好的日子，多了几分趣味，几许温情。

夫妻相处之后，李清照才知道，赵明诚的世界，远比她所想的丰富多彩。之前听闻赵明诚喜收集金石字画，不知他竟痴迷至此。他的私人书房，堆满了他素日收藏的字画。橱柜内外，一件件藏品，看似杂乱纷纭，其实皆有出处和标注。

李清照精通琴棋书画，对金石却无深入了解。如今，因了赵明诚，她对这些文物，亦结下一世的情缘。她对金石字画之喜爱，甚至不逊于赵明诚，一旦陷进去，怎管晨昏。

幸福的人生，莫过于和一个志同道合的伴侣过细水长流的日子。这中间的珍贵与妙处，似宋词悠扬婉转，耐人寻味，千金难买。

那时的赵明诚还是太学生，初一、十五方能归家。他们离别多于相守，尽管不能总团圆，但也有寄望，故不生愁烦。

相聚时，他们或携手郊外，赏陌上繁花，看明山秀水。又或同游街巷，酒馆喝上一坛佳酿，去相国寺觅寻珍稀的文物。

分离时，李清照便独自居家，静心整理金石字画，井然有序。偶觉时光清冷，亦可独饮薄酒，提笔填词；或寄幽情于冰弦之上，弹几曲古调；或裁纸泼墨，画竹影松涛，月圆梅开。

光阴清寂，平静如水。自古文人心性高洁，喜静不喜闹。当下的生活，亦是她人生岁月里，一段美妙的修行。万物皆在变幻，流光最是无情，纵使后来她亦有这般清雅诗意的生活，却不再年少。

那时，李清照和赵明诚收集金石，鉴赏文物，需要许多银钱来维持。赵明诚为太学生，本无经济收入，后来出仕，亦只是七八品的小官，所得俸禄，仅够家里的日常之需。他们又从何处得钱，去购买那么多的金石字画？

李清照后来在《金石录后序》里有过一段细致的描写："赵、李族寒，素贫俭。每朔望谒告出，质衣取半千钱，步入相国寺，市碑文果实归，相对展玩咀嚼，自谓葛天氏之民也。后二年，出仕宦，便有饭蔬衣练，穷遐方绝域，尽天下古文奇字之志。日就月将，渐益堆积。丞相居政府，亲旧或在馆阁，多有亡诗逸史、鲁壁汲冢所未见之书，遂尽力传写，浸觉有味，不能自已。后或见古今名人书画、三代奇器，亦复脱衣市易。尝记崇宁间，有人持徐熙牡丹图，求钱二十万。当时虽贵家子弟，求二十万钱，岂易得邪？留信宿，计无所出而还之。夫妇相向惋怅者数日。"

赵挺之虽为朝堂大员，身居高官，却也不是钱多得用不完。而李格非更是清正廉明，贫寒之士，怎有多余的闲钱。李清照和赵明诚为收藏金石，日子很是困窘，但彼此惺惺相惜，纵然清苦，亦是欢喜。

每月初一、十五，他们便结伴去当铺，典当衣物。取五百铜钱，去大相国寺购买碑文和果子。归来后，相对而坐，一边把玩碑文，一边咀嚼果子，只觉像远古时代葛天氏的臣民那样自由和快乐。

丞相于政府工作，亲戚故旧中也有人在秘书省就职的，常有《诗经》以外的佚诗、正史以外的逸史，以及从鲁国孔子旧壁中、汲郡魏安釐王墓中发掘出来的古文经传和竹简文字，于是他们尽力抄写，只觉趣味无穷，欲罢不能。

自此，如果看到古今名人字画，或夏、商、周三代奇器等一些稀奇之物，即使脱下衣服当掉，也要买下。

曾记得崇宁年间，有人拿来一幅南唐徐熙所画的《玉堂富贵图》，要价二十万钱。宋代沈括形容徐熙画"以墨笔为之，殊草草，略施丹粉而已，神气迥出，别有生动之意"。

牡丹乃花中之王，国色天香。徐熙的牡丹，多了一份清气，超逸清雅。赵明诚和李清照见到闻名天下的《玉堂富贵图》，赞赏不已，却苦于囊中羞涩，毫无良策。

当时的贵家子弟，要筹备二十万铜钱，亦属不易，更何况窘迫的他们。于是，将画留了两夜，挑灯观摩，还时，恋恋不舍。为此，他们夫妇惋惜怅惘多日，不得释怀。

后来，他们苦心收藏的诸多文物，或毁于战火，或被人盗取，一生心血，付诸东流。李清照说："然有有必有无，有聚必有散，乃理之常。人亡弓，人得之，又胡足道。"

世事叵测，天地苍茫。相逢一瞬，相别亦只是一瞬。一切所得，必要失去。这时的千般恩情，终有一天会烟消云散。

乾隆年间姑苏的沈三白，与其妻子芸娘，亦是夫妻相知，恩爱情深。芸娘多番不惜为他当钗沽酒，典衣换食。闲暇日，夫妻剪裁盆树，花木作屏，围炉填词，西窗夜话。

芸娘的才情，虽远不及李清照，但冰雪之质、草木心性、端淑之姿，或许胜她一筹。她静室焚香，妙趣天然，取荷露制茶，别出心裁。她说："布衣菜饭，可乐终身，不必作远游计也。"

后来，芸娘香消玉殒，沈三白伤心道："奉劝世间夫妇，固不可彼此相仇，亦不可过于情笃。语云，恩爱夫妻不到头。"

芸娘的早逝，可谓是红颜薄命。而赵明诚的亡故，亦让李清照后半生流离失所，于迟暮之年孤苦无依，尝尽人世酸楚悲凉。但相爱时，两心无猜，自是不顾一切，怎管那尘世的骤雨疾风。

词中存日月，句里留春秋。古往今来，多少风流韵事，聚散悲喜，皆散去无痕。李清照若非才女，遗留了几卷诗词，几篇文稿，我们亦对她的过往一无所知。

那个秋天，宋朝的城池，不知又有过多少风流韵事，几多别离。而她，看着那满枝的桂子，诗性大发，随即写下一首《鹧鸪天》。

　　暗淡轻黄体性柔，情疏迹远只香留。何须浅碧轻红色，自是花中第一流。
　　梅定妒，菊应羞，画阑开处冠中秋。骚人可煞无情思，何事当年不见收？

她以温柔之笔，赞赏桂子的色淡香浓，可谓花中第一流。梅花当妒，迟开的菊应羞。秋日里的百花之首，桂花当之无愧。缘何屈子那般没有情意，他朝饮木兰之坠露，夕餐秋菊之落英，可谓百花皆赏，独不见他诗文里有桂子的痕迹。

　　这年冬天，赵明诚歇息在家，逢着一场好雪。夫妻二人围炉煮酒，推杯换盏，可谓人间仙侣，令人称羡。有词《渔家傲》为证。

　　　　雪里已知春信至，寒梅点缀琼枝腻。香脸半开娇旖旎，当庭际，玉人浴出新妆洗。
　　　　造化可能偏有意，故教明月玲珑地。共赏金樽沉绿蚁，莫辞醉，此花不与群花比。

　　她爱莲荷冰清玉洁，爱桂子风流有情，更爱梅花孤傲遗世，不与群花相比。李清照的词里，有数篇写梅之句。她自是爱梅成痴，群芳竞艳，独梅超凡脱尘，不与争，不必争。

　　她便是冰雪里的那枝梅，得大自然眷顾，晶莹清冷，也玲珑有致。金樽绿蚁，举杯畅饮，青春做伴，夫妻情深，当是人生赏心悦目之事。

　　她嫁给了爱情，她的幸福，于字里行间，随处可见。婚后次年春，她仍是新妇，填词《减字木兰花》。

　　　　卖花担上，买得一枝春欲放。泪染轻匀，犹带彤霞晓露痕。
　　　　怕郎猜道，奴面不如花面好。云鬓斜簪，徒要教郎比并看。

　　宋都的街巷，常有卖花担子，一肩春色，将带露的鲜花，送与千家万户。她买来一束，见此花泪染轻匀，楚楚动人，生怕郎君怜爱春花，而疏了她。她簪花于鬓，愿与春花平分秋色，博他欢心。

世间一切美好，皆因两情相悦，才有花开，有月满。庭院花事落尽，又不知过了多少时日，荷塘有了新枝。

安稳的现世，时有初春的闲情，时有秋色的愁楚。宋朝的汴京，到底繁华热闹，宋词里的女子，连哀怨都那般清丽婉约。

宦海风云

　　窗外大雨如倾，这场雨后，又有多少生灵无处栖息。世事无常，昨日风姿万种，今朝憔悴枯损。

　　李清照和赵明诚如此诗情画意的生活，不过维持了一年之余。词人眼中的世界，清纯如莲，万般皆好。待到乱红飞过，方如梦初醒，却再不是当时的趣味。

　　政治风云瞬息万变，他们本生于官宦人家，想要置身事外，谈何容易。若不是当年宋徽宗初即位，朝廷纷争有过短暂的歇息，亦促不成他们这段良缘。

　　这位风雅帝王，对万顷河山视而不见，每日伏案泼墨，写他的瘦金体，描他的花鸟图。他不知，汴京城外硝烟弥漫，朝堂上已风云再起。他的臣子，每日不安分地争斗谋算，他的百姓，早已陷入无涯苦海。

1102年，宋徽宗改年号为崇宁。他不辨忠奸，赏识蔡京，重用他为相。之前两派言和，本相安无事，如今又议恢复新法。朝堂上下，顿时乌云蔽日，纷争又起。

历史上，蔡京是一个奸佞小人。先后四次为相，共达十七年之久，四起四落堪称古今第一人。方轸评价蔡京："睥睨社稷，内怀不道，效王莽自立为司空，效曹操自立为魏国公，视祖宗神灵为无物，玩陛下不啻若婴儿；专以绍述熙、丰之说为自谋之计，上以不孝劫持人主，下以谤讪诋诬恐吓天下，威震主上，祸移生灵，风声气焰，中外畏之。大臣保家族不敢议，小臣保寸禄不敢言。颠倒纪纲，肆意妄作，自古为臣之奸，未有如京今日之甚者。"

这样一个人物，借着宋徽宗对其赏识，指点江山，他的存在，注定会带来悲剧。时局混乱，他们趁势而起，肆意打击报复旧党之人。刀光剑影，足以撼动山川，极目眺望，草木皆兵。

宋徽宗令中书省把元祐时期反对新法的官员们，以及在元符时期曾有过激言行的大臣们，全都记录下来呈与他。蔡京便把文臣执政官文彦博、司马光等人姓名，以及待制以上官员苏轼、晁补之、黄庭坚等人姓名，皆刻于石上，定了罪状，称为"奸党"。宋徽宗亲笔书写姓名，刻在石上，竖于端礼门外，称之"元祐党人碑"。

李格非和秦观等官员，同为苏门学士，平日多有来往，遇此政乱，也是在劫难逃。

"看满目兴亡真惨凄，笑吴是何人越是谁？"当下的汴京，恍若换了时空，诸多不如意，又无从解脱。那些曾经被命运赐予过繁华的人，今时却不能远离伤害。

这时的赵挺之，凭着他的圆滑世故，与蔡京投合，自是青云直上。赵挺之原非等闲之辈，当下境况，他可谓如鱼得水。后来，经过他奋力钻营，百般攀附，终登上宰相高位，一时风光至极。

浩瀚官场，风烟啸傲，起落幻灭，不可预测。有人拔剑起舞，有人俯首称臣，这是宋朝的天下，慷慨中见哀音。所谓落棋无悔，成者王，败者寇，是旖旎，是幻灭，自随天道运数。

彼时，李格非和赵挺之在官场上分道扬镳，生活中也是拒不往来。李清照和赵明诚这对恩爱夫妻，被莫名其妙地卷入这场纷乱的政治风波，惶恐终日，不得安生。

风花雪月、诗词茶酒的日子，被错综复杂的时局扰乱。在生死存亡面前，夫妻俩表面上相敬如宾，实际上感情却脆弱不堪。那段时日，他们无心去大相国寺购买字画，更不去街市沽酒寻欢。她明净如水的心，于浮烟乱世中，亦黯淡失色。

赵挺之若早知今况，当初断然不肯同意这门婚事。花有开谢，月有圆缺，山重水复，未走到最后，谁也不知输赢，难料兴衰。

李清照见父亲一再被贬，落魄失意，又爱莫能助。她虽有春风词笔，能描万物锦绣，却无法让河山逆转，更难改昨日风云。

素日里心高气傲的李清照，为了救父亲，不顾尊严，写诗向赵挺之求情。其中有句："何况人间父子情！"应是借用了黄庭坚的句子"眼看白璧埋黄壤，何况人间父子情"，来诉说心情。世景荒芜，这样的局势，再多的繁华，也是曾经了。

家父近老，一生为官清正，磊落光明。况他文人心性，高洁端正，焉能斗得过那些奸邪蛮横之人。李清照心忧之事，到底还是发生了。

李格非的败落，赵挺之避之不及，哪肯在风口浪尖伸出援手，雪中送炭。对李清照的恳求，他视而不见，不予理睬。

对于赵挺之的冷酷无情，李清照愤懑气恼，但也无可奈何。崇宁三年，李格非被贬象郡（今广西象州县）。于崇宁四、五年，李清照再次上诗赵挺之，其中有句："炙手可热心可寒。"此句化用了杜甫《丽人行》中的句子："炙手可热势绝伦，慎勿近前丞相嗔。"杜甫原句，是讽刺杨贵妃兄妹骄奢淫逸。而在这里，李清照只取文词，不取诗意。

李清照的诗句，率真直白，她心中自有丘壑，无须遮掩。这时的赵挺之，官至右丞，如此高官，何不尽些绵力，将李格非奸党之名除去？况李格非不过是余官之列，放他自由，做个散淡闲人又何妨？

奈何，李格非的"苏门后四学士"之名太过招摇，也太过敏感。赵挺之本是谨慎之人，他贪名夺利，怎会为了私情危及自己的地位。人至高处，寒意森森，看山看水，皆与常人不同。

世态本炎凉。聪慧如李清照，亦不会为他的薄凉而意志消沉。只是父女之情，浩浩如天，看着老父打点行囊，一家人遭贬返乡，心有戚戚。

晚秋之景，万木萧瑟，是离愁，闻哀音。汴京繁华如梦，这座城，承载了多少记忆，又上演了多少兴亡。不变的，是城池的荡荡清风，亦是汴河的悠悠瘦水。

西风瑟瑟，古道依依，那来往奔逃的过客，有你，也有我。

离开杀伐纷乱的汴京，于李格非来说，是福不是祸。被贬象郡，他栽松种菊，亦是雅事。当年，陶潜是辞官不做，李格非则是被贬遭灾，境遇不同，但也算殊途同归。

李格非无意荣辱，他担忧女儿以后在赵家该如何立足。他怎不知，一荣俱荣、一损俱损之理。他能做的，也只是留下几句叮咛教诲，愿她孤身一人，无惧风雨，喜乐平安。

自古送别，多是长亭古道，车辚辚，马萧萧。含泪挥别双亲，苍茫天地，独留她坐看风云。那时间，她觉青春已是迟暮。

自此相别，不知山高水远，再见是何时。回到赵府，李清照不能假装若无其事，但她更不能因父亲的灾劫，而失了气节。

她依旧读书写词，唯寄于酒杯里的清愁，空了又满，满了又空。内心的万般牵挂，在斜阳的余光里，于月色的清辉中，由淡至浓，无法消减。

朝廷这场漫长的斗争，持续到第二年秋天，旧党之人，接连不断被贬谪。赵挺之却是春风得意，在这场政治游戏里步步高升。

李清照和赵明诚亦因诸多纷扰，感情疏离不少。为了李格非之事，赵明诚也求过父亲赵挺之，但皆被训斥驳回。他不敢违抗，也无从抵抗，他的一切，全部倚仗于这个家庭。

似水年华，悲喜交织。多想回到从前，夫妇情深，饮酒填词，灯下赏玩金石字画。他们愿做寻常百姓，如此便可以不问尘间是非，官场斗争，唯在静庭幽院，栽花种草，打理日子。

这年九月，朝廷下令，不许祐党人子孙留在京师。接着又下诏："宗室不得与元祐奸党子孙及有服亲为婚姻，内已定未过礼者并改正。"

赵府的繁花似锦，与她无关，甚至于她是一种讽刺。这座浩大的府邸，已无她容身之处，她必须离开，唯有离开，方可以让赵明诚置身事外。

对于李清照的辞别，赵家的人自是不肯有半分挽留。人心薄凉，她已习以为常，亦伤不了身。赵明诚虽有千般依恋不舍，却深知李清照数日来艰辛的处境。也许，放她离开，是对她的成全。既然不能护她平安，何不挥手作别。

时光匆匆，离别迫在眉睫。他泪眼迷离，她却嫣然一笑。似乎，刻骨铭心的感情，抵不过无情的流年，输给了世事沧桑。

这一年，李清照离开汴京，独自去了故里章丘，徒添遗憾。这一年，赵明诚入了仕途，开始为官，但并不顺遂。

汴京，以及官场，迎来者，也送归客。他们不过是万千行人中的一个，有甚可怨，有甚可悲。

人世无惊

　　暮霭炊烟，古道驿站，茅舍柴门，竹篱人家，民间朴素的风景，这样平淡。她虽乘着归去的马车，竟无落魄哀愁。天地渺渺，她只是大宋朝里一个柔弱的女子，福祸爱恨皆不由身。

　　故乡的一切，都没有改变，山光水色，一如当年。但她不再是那位撑着小舟，采摘莲荷的少女。她孤身而来，携着相思，以及满面风尘。

　　李格非罢了官，归隐田园，反而闲逸自在。他劈山栽松，修篱种菊，白日邀约三五邻翁饮酒下棋，夜晚于月下翻读诗书。那些朝堂的争斗，险恶的人心，恍如隔世，再与他无关。

　　陶渊明辞官写诗："采菊东篱下，悠然见南山。"苏东坡几番遭贬，仍有词："小舟从此逝，江海寄余生。"他们皆是旷达豪迈之人，不拘俗礼，不畏悲苦。李格非深受恩师影响，此次归来，内心从容，淡然处世，无意荣枯。

有人寄情于山林，纵然身处繁华，亦有寂静归处；有人寄情于江海，纵然一世坎坷，亦能守住诗情；也有人寄情于红尘，他的世界，该被名利、情感纠缠，不得清宁。

山中明月，江上清风，水流花开，皆是自然之韵。若懂得赏阅，自有无限雅韵。若是贪名利，享奢华，入了俗流，纵花好月圆，又能鲜妍几时？

李清照见老父抛却功名，远离官场是非，每日读书品茶，栽花弄草，便放心了。她原本无处安放的灵魂，因了父亲的淡泊，也有了归处。

世间可托付真心的，不只是爱情，还有诗酒琴茶，草木山石。她虽相思成疾，但有白云清风相伴，也足以令其释怀。如此也好，可以重拾酒杯，再提起笔；一个人，管它黄昏黑夜，无牵亦无碍。

李清照和赵明诚年少夫妻，恩爱情深，如此两地相隔，又怎能不生相思。幸而有鱼雁传书，驿寄梅花。她将万千心事，皆填入词。于是，有了《醉花阴》，有了"人比黄花瘦"的妙句。

薄雾浓雾愁永昼。瑞脑销金兽。时节又重阳，宝枕纱厨，半夜凉初透。

　东篱把酒黄昏后。有暗香盈袖。莫道不销魂，帘卷西风，
人比黄花瘦。

　元朝伊世珍《琅嬛记》卷中引《外传》："易安以《重阳·醉花
阴》词函致明诚。明诚叹赏，自愧弗逮，务欲胜之。一切谢客，忘食忘
寝者三日夜，得五十阕，杂易安作，以示友人陆德夫。德夫玩之再三，
曰：'只三句绝佳。'明诚诘之，曰：'莫道不销魂，帘卷西风，人比
黄花瘦。'政易安作也。"

　李清照之才情，于整个大宋，乃至许多朝代，都无人超越。但她也
只是平凡的女子，她的情，付与一人，为他欢颜，也为他惆怅。

　韶华易逝，红颜易老，多少佳人，在无情的岁月中，无声凋零，一
去不返。纵她眉目如画，落雁沉鱼，世人亦不知她曾来过，行于灿烂，
止于清宁。

　若有幸遇得一人，纵容颜已衰，徐娘半老，也是风华不减。被人宠
若明珠，又怜又惜，怎管韶华已逝？若遇一凡夫，纵青春年少，貌美如
花，也只是固守孤枕，花了残妆，何来妙年？爱在，韶华在；爱去，韶
华失。

　一个人，守着珠帘，坐看黄昏，不知光阴几何。唯看落木无边，

寒梅傲雪，春去夏至。万物坚定，荣与枯，不与人商量，是无礼，还是敬畏？

淡月疏帘，秋风清凉如水，时值七夕佳节。往年他们庭园赏月，花下饮茶，自是相看两不厌。今日隔山隔水，相思成疾，锦书难托。

他为求功名，留在汴京，于浊浪激流里存一点斗志，也争几分豪杰风姿。她在堂前檐下，酿酒煮茶，于凡尘美景中，持一份洒脱、一份快意。

七夕之词，以秦观《鹊桥仙》为最。"金风玉露一相逢，便胜却人间无数。"他说，"两情若是久长时，又岂在朝朝暮暮！"

可人间天上，一年一会，如何不生忧思愁怨。李清照和赵明诚离别算来已有一年之久，往日耳鬓厮磨，今时唯有在梦中与他相会。

此时的她和他，虽各在人间，身处红尘，却隔了一条世事的河流。她转身沧海，他已是桑田。那场政治纷乱，始终没有风平浪静，他们该以何种方式越过俗世的藩篱，从此自由如风？

这夜，她独自举杯，畅饮过往。提笔填了一阕《行香子》，以慰佳期思远之情。

　　草际鸣蛩，惊落梧桐，正人间天上愁浓。云阶月色，关锁千重。纵浮槎来，浮槎去，不相逢。

　　星桥鹊驾，经年才见，想离情别恨难穷。牵牛织女，莫是离中？甚霎儿晴，霎儿雨，霎儿风。

　　牵牛织女，尚有相会之期，而他们，重逢又在何日。春秋冬夏，四时更替，唯相思不改，如烈酒，似浓愁，挥之不去。

　　这个秋天，很是漫长，窗外芳草连天，空远辽阔，看不到尽头。虽处忧患，但她不恼不怨，心底是安静的。这世间，还有那么一个人，值得她有情有义地活下去。

　　流光无所惧，心事不曾闲。李清照在章丘已有两年，两年的时间，她早已学会处乱不惊。若非汴京有赵明诚，她甘愿守着这片山水，简衣素食，老死故里。

　　父亲俨然成了一个高蹈世外的隐者，官场里的那些风云变幻、你争我夺，于他，是前生之事。在官场，他敢于承担；于红尘，亦可从容放下。

　　"纵有千年铁门槛，终须一个土馒头。"更何况，他从来不是霸主，不曾被人仰望，如今的败落，亦不会被人讥笑。他不期待自己的名字留存历史，唯愿超然物外，藏几卷诗书，辟几亩农田，不至山穷水尽。

　　他清风朗月，人生平淡。赵挺之却是扶摇直上，气吞山河。崇宁四年（1105），赵挺之任尚书右仆射，兼任中书侍郎，位高权重，可与蔡京相比，俯瞰众生，却又活得胆战心惊。

　　那时，元祐党人已经彻底失势。而新党之间的斗争，却悄然拉开了序幕。宋徽宗依旧醉生梦死，不是他不想做个好皇帝，受百姓拥戴，而是他力不从心。朝堂之上诸多臣子，看似不过是他的政治棋子，任他摆布棋局，实则被别人摆弄。

　　这年六月，赵挺之为避蔡京锋芒，以生病为由，乞求罢尚书右仆射。蔡京是历史上出名的奸臣，在朝中拉帮结派，甚至将徽宗孤立起来，倒行逆施，黑白颠倒，致使民间怨声载道。《水浒传》的故事，便发生在蔡京掌权时期。

　　赵挺之置身于这场斗争中，自不会错失机会，在徽宗面前编排蔡京。他说的，宋徽宗都知道，但因诸多顾忌，又不能弃用蔡京。思忖一番，便准许赵挺之的罢相。但是又给了他头衔极高的虚职，让他留在京城，牵制蔡京。

　　赵家的三兄弟，也因此得了封赏，各有官职。赵明诚授鸿胪少卿，长兄存诚为卫尉卿，二兄思诚为秘书少监。思诚管着宫中书籍，故有些图书，明诚可借阅。每遇奇书，则流连不已，此事在《金石录后序》中，皆有记载。

他自有金石字画，伴其流年寂寞。她亦有诗词茶酒，慰她光阴孤寂。岁月不会亏待有情人，所有的离愁别恨，以及凄风苦雨，都是暂时的。走过去，便是两情相悦，是执手相依。

人生数载匆匆，多少事物都将付诸云烟，什么也不会留下。那些无关的人事，虚幻的名利，又何必多去理睬。可叹的是，但凡灵性之人，总是过于透彻，然太过清醒，又难免自伤。

若可，且将遗憾，还给大地；再让慈悲，留在人间。但使万物清平，岁月从容；人世无惊，红颜不老。

卷二

赌书泼茶，
只道是寻常

远别重逢

王国维有句："人间事事不堪凭。"是啊，人世间一切都依附不得，强求不得。万般物事，真实地存在于当下，转瞬便缥缈无踪，难以触摸。

你拥有的名利、情爱，乃至年华，都只是一段幻景。也许三年五载，也许一个转身，便物是人非，相顾茫然。

红尘中人，谁不曾经历沧桑，起落本寻常，得失且随意。政治风云，变幻莫测，就连帝王都无法左右，更何况臣民。

崇宁五年（1106），宋徽宗下令，废除关于元祐党人的一切禁令，销毁元祐党人碑。之前被谪贬、受牵连的官员，亦重新被朝廷起用。可谓风水轮转，消长无定。

这一年，蔡京被罢相，赵挺之再次复出。乱世之景，成者兴之，败者衰之，风云变幻，亦无可惊慌。历史的天空，繁星如雨，明灭无声，都只是顺应天意。

李清照和赵明诚，顷刻间拨云见日，柳暗花明。她也算尝过人间忧患，此次回京，当是惊喜交集。两年的离别，让人学会了平和，对这不能自己做主的人生有了几分歉意。

那些被罢黜的官员中有许多意兴阑珊，回归田园，再不入朝为官。或对饮松涛，或垂钓山月，做那闲散之人，看罢几场花事，一生便倏然而过。

唐伯虎《桃花庵歌》有句："但愿老死花酒间，不愿鞠躬车马前；车尘马足贵者趣，酒盏花枝贫者缘。若将富贵比贫者，一在平地一在天；若将贫贱比车马，他得驱驰我得闲。别人笑我太疯癫，我笑他人看不穿；不见五陵豪杰墓，无花无酒锄作田。"

真隐士自风流，若无磊落襟怀，亦写不出如此旷达文章。自古多少文人，半隐半仕，患得患失，到底意难平。

李清照和赵明诚久别重逢，不诉离别的痛苦，不说相逢的喜悦，只静守一处，但求地老天荒。室内弥漫的茶香，柜中的万卷藏书，如梦如幻。唯彼此相依的温度，能真切感受到。

光阴如旧，诗酒温柔。仿佛一切都不曾发生，他们回到自己的故事里，做了主角。那些纷至沓来的过客，只是可有可无的风景，再不能惊扰她丝毫。

赵挺之重登宰相之位，他已经习惯了这样的高度，搅动风云，也观星望月。相府门庭若市，觥筹交错。

刘禹锡有诗："旧时王谢堂前燕，飞入寻常百姓家。"无论多么显赫的豪门望族，都有衰落的一天，盛世之景亦会付与残照苍烟。星辰灿烂，终归寂静，不可悲，无可叹。

李清照不喜这些浮华的热闹，赵府的兴衰，早已不入其心。若非赵明诚，她也不会留在这座无情的府邸，与那些无关紧要的人朝夕相处。

这年秋日，不知谁人送来几株白菊，无端惹人心事。李清照对菊而饮，念及分别几载，居在老家，倒是似古人隐居一般，不禁唏嘘，取笔写了一首《多丽·咏白菊》：

小楼寒，夜长帘幕低垂。恨萧萧、无情风雨，夜来揉损琼肌。也不似、贵妃醉脸；也不似、孙寿愁眉。韩令偷香，徐娘傅粉，莫将比拟未新奇。细看取，屈平陶令，风韵正相宜。微风起，清芬酝藉，不减荼蘼。

渐秋阑、雪清玉瘦，向人无限依依。似愁凝、汉皋解佩；似泪洒、纨扇题诗。明月清风，浓烟暗雨，天教憔悴度芳姿。纵爱惜，不知从此，留得几多时。人情好，何须更忆，泽畔东篱！

白菊如玉，被无情风霜摧残，不留情面，没有爱怜。然，白菊品格高洁，不似贵妃的醉眼，也不似孙寿的愁眉。只有屈子和陶令孤高的品性，与之相宜。

雪清玉瘦，白菊对这人世有着无限依恋，奈何浓烟暗雨，损了姿容。世人多是随波逐流，又怎肯珍惜爱护它。白菊孤单，受人冷落，恰如清照本人。她就是这株白菊，在大宋的风雨里，飘摇不定。

幸好，她有赵明诚，幸好，他们志趣相投，不落俗流。这时间，赵明诚官职尚可，有了俸禄，手头比以往宽裕许多。如此，二人于金石古籍研究上，收获颇丰。

汴京还是往昔的模样，市井繁华，商旅云集，人流熙攘。她又回到从前姿态，自由散漫，洒脱不羁。白日或闲游街市，饮几壶酒，或去赌坊赌上几把，畅快一番。夜晚则伏案抄写古文经传、竹简文字，默默耕耘。

一日，李清照独自于室内研究墓志铭的内容。有一张拓片缺了落款，为了弄清楚，她寻了八种字体相近的书法作品，静心比对。

窗外白云踱步，翠竹高过院墙，好光阴，真是千金难换。在她斟酌不定时，赵明诚引来了一位高人。此人年过五十，不修边幅，然目光有神，不似凡辈。他手执一把精致小壶，随意畅饮，悠然自得。

不承想，此人竟是大书法家米芾。米芾能诗文，擅书画，精鉴别。他个性怪异，举止癫狂，人称"米颠"。宋徽宗诏其为书画学博士，与蔡襄、苏轼、黄庭坚合称"宋四家"。

米芾书画自成一家，枯木竹石，山水写意，皆具独特风格，有"米氏云山"之称。书法造诣甚深，以行、草著称。

这样一位大师，如今在身边亦算是难得的奇缘。李清照趁此机遇，请教米芾帮忙鉴定《隋周罗目侯墓志》的书写者。

天资聪颖的李清照，经米芾稍微指点，便知此字为欧阳询作品。米芾亦惊叹她的才情悟性，笑言可惜是才女，并非才子，不然，可以收她为弟子。

李清照忙回，才女不敢当，可是弟子非当不可。米芾的出现，若好雨知时节，可谓恰逢其时——素日里，能与李清照对酒相谈之人，只有赵明诚。

　　她之才高、心性，又岂是凡人所能企及的。但自古帝王将相，才子佳人，皆来自寻常巷陌，乡村人家。天地茫茫，万里关山，同在一个朝代已是缘，相遇相知更让人珍惜。

　　人生有了境界，知音更是难寻。文人雅士，多重情不重利，凭着内心的信念，走过万水千山，始终不失志气。亦因了这许多情意，方能穿过时光，抵挡风雨沧桑。

　　这一日，李清照欢喜且如意。她取出陈年佳酿，拿了素日收藏的字画，与米芾一起品赏。古旧的书画，隐藏无声的岁月，多少世事随风散去。唯靠这几卷水墨，点点墨迹，寻觅些许历史的温度、古人的气节。

　　这残缺不全的文物，落于寻常人手里，也许一钱不值。落于喜好者书斋，则是倾城无价。米芾恃才傲物、放达不羁的性情，令李清照钦佩。他对书画艺术如痴如醉的态度，亦将之感染。他们的谈话，散漫随性，陶然忘机，一酒一茶，可抵尘梦十年。

　　米芾曾作诗一首："柴几延毛子，明窗馆墨卿。功名皆一戏，未觉负平生。"

　　他的才情，被岁月肯定，一如李清照，也是被写在历史里的人物。是否流芳千古，是否被人记住，皆不重要。这人间本无多依恋，像草木一样，来过便好。

他们谈诗画，说古籍，也论人生，亦忧时势。此时的相府，幽庭深院，晴光湛湛，却不知世事飘摇，又有一场风雨，即将来袭。

任你王侯将相，一旦遭遇动荡，亦薄弱如尘。相府的荣，与她无关，相府的辱，她却要一起承担。这些无理的伤害，都是今生必经的劫，过去了，也就从容。

《淮南子·原道训》："乐作而喜，曲终而悲，悲喜转而相生……"曲终人散，听客纷纷离去，而那多情的戏子，还在别人的故事里，试图演绎另一种结局。

归去来兮

陶潜《归去来兮辞》有句："悟已往之不谏，知来者之可追。实迷途其未远，觉今是而昨非。"他的醒悟，没有悔恨，是对万物的感知，是超脱于世俗。

凡尘一切事物，皆隐禅机。人一旦入了禅境，看天下风光都有情意，诸多障碍，也不沾身。可万般幻景，都需用真实的故事，去将岁月填满。

佛曰，命由己造，相由心生，世间万物皆是化相。心不动，万物皆不动；心不变，万物皆不变。这种澄澈，似秋窗外的清光，静得让人不知忧念，愿与尘世妥协。

奈何，宦海中人，参了朝政之事，动了富贵之思，想要全身而退，总是太迟。那时期，大宋王朝始终动荡，不曾有真正的安定。朝堂上的争夺杀伐，其锐利锋芒远胜过战场的剑影刀光。

大观元年（1107）正月，蔡京再次受宋徽宗重用，得以复相。蔡京东山再起，令赵挺之措手不及，避无可避。多年争夺，蔡京对赵挺之恨入骨髓，而今得势，又怎肯错过良机。

赵挺之自知这一次是在劫难逃，回天无力。这无情的战场，已给不了他丝毫转圜的余地。曾经风起云涌的朝堂，如今只剩一江残雪。这山河，本非他所有，他不过是参与了一场游戏，亦做好落败的打算。

"并恐花无逃劫地，不如随水成尘。恼他莺燕语殷勤。斜阳余一寸，禁得几销魂？"此时的赵挺之年近古稀，早该疏名淡利，只怪他过于执迷，抽身太晚。此一生，他有过权力，登高处俯瞰天下，亦无遗憾。

因为清醒，所以忧虑更深。他愁眉不展，却不再是为自己的私利。他所忧的，是赵家的运势，是子孙的前程。为求平安，他决意主动请辞，隐忍退避。然而，请辞并未得到允许。

山河的决裂无道理可言，亦不给你悔改的机会。当下的彻悟，是为了原谅过往的糊涂和荒唐。硝烟生，兵戈起，茫茫世间已无藏身之所。

赵挺之病了，懒于家中，卧在床上。"鸟之将死，其鸣也哀。人之将死，其言也善。"他已是穷途末路，人世再多浮华、功勋，也与他无关。他的目光，没有了以往的飞扬跋扈，变得柔和而慈悲。

他深知政治斗争的险恶，再不愿看到赵家子孙步他后尘，一生庸碌，不得善终。但为时晚矣。这场病，来势汹汹，他知时日无多，人生幻梦，终归虚无。

李清照，看着这位风烛残年的老人，心有不忍。她放下笔，弃了诗书，不念旧怨，不计前嫌，在旁伺候，为他端茶递药，为其守护晨昏。

在此之前，李清照因为父亲李格非被贬之事，对赵挺之心存怨恨，今时恩怨皆散。她看到官场的无情，亦知赵挺之多年来争夺名利的不易。望着其苍老的背影，不觉想起远在他乡的父亲，于无人处，伤怀落泪。

这是一盘注定要落败的棋，任凭你如何苦心算计，落子谨慎，下场仍是满盘皆输。他们在已知的结局里，做着无谓的努力，只因这过程能够感知到存在的价值。

赵挺之无力上朝，这年三月，他被罢相。卸下沉重的冠盖，他只是一个沧桑憔悴的老者，虚弱病体，撑不起一草一木。

赵挺之垂危之际，深知子女无法避免这场政治斗争所造成的恶果。所谓登高必跌重，他自是败了，历史上像他这样的人物成千上万，不过是做了渔樵闲话，酒后笑谈。

人因平淡而自在，也因激烈而畅快。日子如水，有了波澜，才更明澈。多少事，没到最后，谁也不知该以哪种方式收场。

不消几日，赵挺之便死了。宋徽宗为了表彰他生前功绩，追封他为司徒，谥号"清宪"。大厦已倾，盛筵散去，再无人记得他曾经有过的闪耀。

他只是大宋银河陨落的一颗星子，这个原本摇摇欲坠的王朝，不会因为他的离去而改变什么。蔡京也不会因为他的死去，就放下手段，消解心中的积怨。

于蔡京来说，赵挺之的死，是一个机遇。他开始竭尽全力报复陷害赵家。凡在京城的亲眷，皆抓捕入狱。这年七月，查无证据，才得以释放。

他又诬陷赵挺之与元祐党人勾结，曾庇护他们。徽宗一怒，将赠官收回，撤销了他观文殿大学士的身份。

曾经权倾朝野的名相公子，今时却沦为阶下囚，历尽折磨。经过数月查证，赵明诚终被释放。只是往日君王所赏赐的官位，皆被夺回，数载浮华，重回白衣。

　　李清照那颗悬着的心，总算落地。然这场灾难带来的惊恐疲惫，却日夜难消。她做了一个梦，晨晓醒来，方知梦中一切美好为镜花水月。她心有感触，提笔写下这篇《晓梦》。

　　　　晓梦随疏钟，飘然跻云霞。
　　　　因缘安期生，邂逅萼绿华。
　　　　秋风正无赖，吹尽玉井花。
　　　　共看藕如船，同食枣如瓜。
　　　　翩翩座上客，意妙语亦佳。
　　　　嘲辞斗诡辨，活火分新茶。
　　　　虽非助帝功，其乐莫可涯。
　　　　人生能如此，何必归故家？
　　　　起来敛衣坐，掩耳厌喧哗。
　　　　心知不可见，念念犹咨嗟。

　　尘世的几度起落，几番离索，早令她心神俱疲。然她文辞秀逸，有仙风道骨。她梦里的仙人，过着逍遥闲逸的生活，不受凡尘约束，不被名利所缚，不为情爱所扰。

　　诗中之境飘然超尘，浪漫美好，让人留恋不舍。她不喜这纷扰熙攘的人间，唯愿风花雪月，一生不羁。

　　明代汤显祖写"临川四梦"，将此生所思，寄情于梦。人间功勋，盛世繁华，乃至深情厚爱，皆幻化成梦。千百年来，盛筵不衰，有情意缠绵，也有刻骨惊心。他的梦，给人以警醒、以深思，万般因缘，由梦而起，由梦而终。

现实的冷酷无情，让人沉醉梦中，不愿醒转。若梦可驻，何必归于人世。若此地可居，何必归故家。她知，这座京城空有浮华表象，已非留人之所。这风雨飘摇的家，更无力保护他们。

"云无心以出岫，鸟倦飞而知还。"或许，风雨半世，只是为了一次归来。每个人，心中都有一片田园，那是人间的净土，始终不受外界惊扰。

文人饱读诗书，是为了出仕，济天下。而那次归来，守着篱笆，采菊南山，才是灵魂的归处。陶渊明说："归去来兮，田园将芜胡不归！"

归于何处？归去林泉下，隐逸山水间。所有的归去，都是一场红尘梦醒。之前与李格非一同罢官的还有晁补之，他居山东巨野老家，自号"归来子"，修了院落，称"归来园"。

后来，李清照随赵明诚去了青州故里，并为他们居住的宅院，取名"归来堂"。斗转星移，流年更替，汴京虽大，却不是一个可以寄梦的地方。许多人为了荣华投奔这里，又有许多人舍弃功名仓皇离去。

经历了这场牢狱之灾，赵明诚身心皆累，苦闷至极。所幸，他身边有李清照这样的佳人，为其消解尘世烦扰，与他煮茶分杯。

赵明诚原本只是一个太学生，他两位兄长进士及第，而他无功名在身。他痴迷金石书画，无意官爵功利。赵家遭灾历劫，他虽委屈，亦悲愤，却没有太多失落。

青州为赵挺之故里，他生前便知仕途起伏，早早为自己留了一条后路。那座旧宅，经过修葺打理，是个不错的归宿。他自是回不去了，唯一缕幽魂，可往来山水，游走田园。

李清照和赵明诚几番思量，决意离开这座无情的修行道场，弃了汴京繁华，于淡泊中度过余生。又或者，青州亦并非最终的归所。但他们天涯携手，又怎管岁月几何，任凭流水西东。

尔观数载过往，不及花开瞬间。那么多的过去，苍茫回首，恰似几个朝夕。归去后，她自可兰舟独上，把酒赋词，别有清欢。而他沉湎于字画金石，不问春秋。

这累人的浮名，不要也罢。

红尘深雪

红尘如乱雪，你我都是倦客。所幸，这世间有一种迷途，叫归来。

世人多羡闲云野鹤，却疲于俗事，难舍弃名利。愿学陶潜，东篱采菊；又慕林逋，孤山种梅。其实，山水本为天下人所有，只在于你是否真的放下，真的回归。

我既无杜甫"安得广厦千万间，大庇天下寒士俱欢颜"之悲悯，亦无范仲淹"先天下之忧而忧，后天下之乐而乐"之旷达。

但得一院落，栽几树山花，煮一壶清茶，余生有寄。任你权倾京华，才情盖世，也需一清静之处，安放灵魂。历事太多，难免心生厌倦，涉世过深，更觉人生荒凉。

李清照和赵明诚不愿周旋于名利，方执意归来。青州本是赵挺之的退隐之所、避世港湾，然他风云一生，权倾朝野，却与寻常百姓无异，葬于巍峨青山，岑寂无名。唯魂魄归故里，与山间的明月相亲。

归来堂畔，波清水秀；洋溪湖上，绿柳白莲。归来堂在青州城西，傍着烟水，倚着秋寒。青州虽小，却是一座古城，有悠久的文明、秀丽的山水，也有文人词客。

归来堂不远处，有范文正的范公祠，亦有他所凿之井。他任青州太守，心忧天下。吟咏过"安得遂为无事者，人间万虑不关身"的欧阳修，亦曾任职于青州。

这里，有达官，也有寒士。有离去的人，也有归来的人。李清照和赵明诚此番归来，给这座古城添了雅趣，亦成了风景。

小庭深院，亭台楼阁，翠竹梅花，菡萏清风。归来堂畔，才子佳人，对坐煮茗，闲话古今。此番隐逸，是避世，亦为逃离，但她甘愿与山水林泉做伴，省去了浮华熙攘。

世间隐者，多超然物外，虽不能心系苍生，却安贫乐道，自在怡然。李清照也是见过繁华的人，如今归隐青州，是为养性，更是修行。

她自号易安居士，此后这个名字，不仅响彻大宋的星空，更闪耀了千古岁月。一个人若无法改变生活，便随遇而安。她可以不要富贵名利，却不能丢了风月草木；可以不要金玉珠宝，却不能舍下诗文。

归来堂，有清风做客，有良人相陪，她不寂寞。掩门遗世，此间安稳无事，任春奔秋走，河山变迁。

历了风雨的李清照，不再是当年乘舟采莲的小女孩，却有一种铅华洗尽的静美。她身边，有赵明诚嘘寒问暖，有书有茶，有她喜爱的金石文物，更有赏之不尽的繁花。

闲中光阴易过，十年也只是几个朝夕，几场花开，几度月圆。十年，李清照和赵明诚居于归来堂，读书斗茶，共著金石，藏阅古籍文物。十年，他们聚多离少，听雨赏月，恩情不减。十年，外面的世界依旧动荡不安，青州古城安稳寂静。

后来，李清照在《金石录后序》里记述了在归来堂的十年光阴，寥寥数句，尽显他们那段温情岁月。归来堂，成了世间文人墨客向往之所。室内有藏书万卷，炉中有煎好的新茶，案几鲜花不绝，堂前翰墨飘香。

"后屏居乡里十年，仰取俯拾，衣食有余。连守两郡，竭其俸入，以事铅椠。每获一书，即同共校勘，整集签题。得书画彝鼎，亦摩玩舒卷，指摘疵病，夜尽一烛为率。故能纸札精致，字画完整，冠诸收书家。余性偶强记，每饭罢，坐归来堂烹茶，指堆积书史，言某事在某书某卷、第几叶第几行，以中否角胜负，为饮茶先后。中即举杯大笑，至茶倾覆怀中，反不得饮而起。甘心老是乡矣。虽处忧患困穷，而志不屈。收书既成，归来堂起书库大橱，簿甲乙，置书册。如要讲读，即请钥上簿，关出卷帙。或少损污，必惩责揩完涂改，不复向时之坦夷也。是欲求适意而反取憀慄。余性不耐，始谋食去重肉，衣去重采，首无明珠翡翠之饰，室无涂金刺绣之具。遇书史百家字不刓缺，本不讹谬者，辄市之储作副本。自来家传周易、左氏传，故两家者流，文字最备。于是几案罗列，枕席枕藉，意会心谋，目往神授，乐在声色狗马之上。"

人生最美的，莫过于和一个志趣相投之人，度一书一茶的岁月。闲居青州，李清照夫妇勤俭持家，日子虽清淡朴素，却衣食无忧。素日里，他们将积攒的银钱，多用于收藏。胭脂水粉，锦衣玉食，皆非他们所喜。

每得一书，二人便一同校勘，整理成类，题上书名。寻到书、画彝、鼎等文物，亦摩挲把玩或舒展欣赏，道出不足。直到蜡烛燃尽，西山月沉，方去歇息。

李清照得岁月恩宠，天然之质，冰雪之性，其记忆力超凡，乃寻常人不可企及。平日里，饭毕，她和赵明诚便以烹茶斗诗为乐。看谁能记得，某事在某书的哪卷哪页哪行，以定胜负。

赢者品茶，败者旁观。每每言中，李清照即举杯大笑，至茶水倾倒，洒在怀中，饮茶不成，倒费心收拾。后来，赌书泼茶之情趣，用以形容世间恩爱夫妻。

归来堂，是一方净土，可遮风挡雨，寄存风雅，更可安身立命。青州远不及汴京繁华，亦无那么多风流文人、狡诈政客，却能独守一份安宁。她的归来，如寒梅有了栖身的墙院，若幽兰寻得幽静的空谷，更似霜菊有了依傍的茅舍。

一切风物，恰到好处。夫妻情深，难与君言。世事皆有取舍，以李清照之情思，自比凡人更为清醒超脱。名利如沧海浮云，虽美妙却不得久长。姹紫嫣红亦曾有过，到后来，被岁月摧残，所剩无多。

归隐青州的李清照，本是风华绝代之时。她愿舍弃繁华，为时势，也为情爱，更为清雅。万般可割舍，唯对诗词，一往情深。堂前的燕子，曲径的修竹，长廊的风，檐角的云，都可入诗，皆为词境。

她将所有情思、感动、愁怨，乃至叹息，皆倾注笔墨。纵山河无主，天下纷乱，又或是烽烟四起，生灵涂炭，又与她何干？寄情于诗，托月抒怀，这人间，多了一段历史、一个故事而已。

诗词重灵性、悟性，李清照之高才，因其冰雪之心。千古才女，岂是虚名，旷世芳华，何需雕饰。世间万物，草木山石，鸟兽飞禽，自可与之相亲，一入其词，便是风景，生了境界。

平淡岁月，有了诗的姿态、词的风韵，不再清冷薄凉。茶有茶品，词有词韵，一个人的襟怀，可见其心性。所谓厚德载物，便是如此，文人之大气，胜过帝王将相。其柔弱虽不可指点江山，却自有一种惊心动魄。

这年，晁补之做寿，李清照填词祝贺。词中风物情景，亦是他们隐居归来堂之生活写照。

新荷叶

薄露初零，长宵共、永昼分停。绕水楼台，高耸万丈蓬瀛。
芝兰为寿，相辉映、簪笏盈庭。花柔玉净，捧觞别有娉婷。
鹤瘦松青，精神与、秋月争明。德行文章，素驰日下声名。
东山高蹈，虽卿相、不足为荣。安石须起，要苏天下苍生。

芝兰的品性，高洁无比，不与凡花为伍。清静淡泊之人，方能意会其出尘之境。自古隐者，皆是一道大美的风景，虽为阳春白雪，曲高和寡，而懂得之人，则视若珍品，爱惜不尽。

这些人，或结庐深山密林，或寄居市井红尘。他们的心，却一直在云端之上，高远旷达。尘寰碌碌，太多纷扰与争执，避无可避，让人神伤。

若为凡人，过一茶一饭的简单生活，但求岁月静好，也就罢了。偏生有了寒梅风骨，芝兰心性，松菊情态，怎能轻易随波逐流。于是，便有了餐食落英的屈子，有了竹林烹茶的七贤，有了采菊东篱的陶潜，也有了梅妻鹤子的林逋。

"鹤瘦松青，精神与、秋月争明。"读罢此句，仿佛看到了那个倚在东篱，静待白衣的五柳先生，正对着南山，对着霜菊，自在悠然，淡泊清远。

芸芸众生，往来皆是过客，所记住的，能有几人？唯自然山水，千古性情，与生生不息的光阴，经得起消磨。

天空这样美丽，云舒云卷，则多是幻象，转瞬无痕。这个秋天的霜菊，一如宋朝，清瘦孤独，但不失风采。

我是那隔了时空的人，纵穷尽山水，亦不能与之产生交集。因了诗文，而知晓她的心事，读懂她的情怀。但仍有许多藏于时光深处的秘密，不可知，亦不必知。

这个秋日，我亦填词一首，寄情养心。才疏学浅，自不敢与清照相比。但求一缕心思，托付瘦柳残荷，几多年华，寄情绿水青山。

水调歌头

富贵乃何事？于我怎及茶。

煮来白雪，纤手轻捻雨前芽。

对坐茶山御史，还笑诗僧痴念，禅意竟相差。

一饮起心鹤，同去碧云赊。

倚秋月，听流水，任年华。

漫寻风雅，新竹斜过旧窗纱。

不是东篱逸客，不似孤山隐者，名利且无奢。

人世不多羡，只在落梅花。

诗风词雨

记得《浮生六记》里芸娘说："布衣菜饭，可乐终身，不必作远游计也。"

那是因为红尘有爱，她与沈复居姑苏沧浪亭畔，山水为邻，旧宅栖身。夫妻情深，相濡以沫，又怎肯远游漂泊。

后沈夏因于生计，游幕三十年，饱尝流离之苦。乃至饥寒交迫，死于他乡，葬于荒岭，平生所愿，终作草草。

你我皆是飘零之客，寄身红尘，无真正的归宿。但总有那么一个地方，值得依恋，有过此生难忘的时光。那里，没有世事无常，没有江湖恩怨，没有杀伐战乱，亦没有颠沛流离。

归来堂，寄存了李清照今生最安稳的时光。赵挺之修建的庭园，纵使不够富丽堂皇，也足以修养性情，排遣寂寞，释放悲伤。

那时间，他们的银两只够维持生计，日子清苦，但安逸从容。《陋室铭》有云："可以调素琴，阅金经。无丝竹之乱耳，无案牍之劳形。"

人生但得一陋室，一琴一茶，一粥一饭，便可安然度岁。若得一人一心，一情一爱，即能地老天荒。

李清照拥有世间最美的爱情，又有归来堂的梅竹相依，更有满室收藏的书卷字画，当是今生无悔。后来，颠沛流离，尝风霜历雨雪，又有何惧。

谁的人生，不曾有风浪？山水之外，命运有许多转折与安排。帝王的一生，词客的一生，百姓的一生，没有分别。生命可高贵如美玉，亦可卑微似草芥，一切静美，在于人心。

归来堂的光阴，李清照多用于钻研金石字画，然其对词的钟情，亦从未消减。这期间，李清照写了《词论》。

她道："乃知别是一家，知之者少。"李清照认为词有别于诗，重于音律，以及思想内容、艺术风格、表现形式等多方面须有自身的气质与特色。

词从晚唐五代到北宋末年，一直局限于靡靡之音、婉约之风，有失豪放气势，亦无高昂之调。她在《词论》一文中，评价了先前各家的优缺点。

她不满柳永的"词语尘下"，不满张先、宋祁等人"有妙语，而破碎"，不满晏殊、欧阳修、苏轼词只是"句读不葺之诗"，也不满贺铸的"少典重"，又不满晏几道的"无铺叙"，还不满秦观的"专主情致，而少故实"，黄庭坚"尚故实，而多疵病"。

李清照关于词"别是一家"之论，于后世有极深的影响。明清之时，李渔诸人论词，有"上不似诗，下不似曲"之说。诗有诗风，词有词韵，曲有曲律，它们在属于自己的朝代里各抒己态，风姿绰约。

李清照的《词论》作于战乱前，后局势动荡，词风有了大转变。她之论述，词以婉约旖旎为主。而后来许多词有了豪迈奔放、沉郁之风，亦是她始料不及。

她的词风，因流年更替，亦有了无声的转变。年少时，轻盈宛秀；到暮年，哀婉悲郁，凄苦深沉。若时光静好，又怎会生出惊惶之态；若幸福安逸，又怎会吟唱哀怨之音。

世间多少才子佳人，因诗相聚，因诗相知，因词相惜。他们守着温柔的岁月，读懂四季韵致，听到月华流淌，感悟万物起灭，因缘和合。

　　归来堂畔，春风亭台，秋雨帘幕，两位诗人词客，或赏荷联句，或围炉煮酒。醉意迷蒙，写下锦句佳词，点评千古情史。

　　青州古城人文鼎盛，繁花如雪，翠柳清波，足以养其心性。他们夫妻一起考究金石书画，情意融融。然赵明诚为搜求古文碑刻，时常外出寻觅考察，虽是短暂离别，亦有道不尽的相思。

　　南宋张端义《贵耳集》："易安居士李氏，赵明诚之妻。《金石录》亦笔削其间。"《朱子语类》："明诚，李易安之夫也，文笔最高，《金石录》煞做得好！"明朝田艺蘅《诗女史》："德甫著《金石录》，其妻与之同志，乃共相考究而成，由是名重一时。"前贤言道，《金石录》亦有李清照之心血。

　　试想，以李清照之灵气才情，凝于一事，巧思动处，当远胜其夫。况她素日多暇，满心雅趣，除了饮酒填词，便是研习字画碑文。于她，这一切乃人生乐事，可赏心，又可寄兴。

　　赵明诚出外寻找字画、刻石，每次归来，二人辄秉烛达旦，共同研究，寻山寻水，穿梭古今。故《金石录》虽挂赵明诚之名，李清照亦功不可没。

　　况《金石录》本身，笔法娴熟，构思巧妙，非高才无以驭之。夫妻二人，于笔法上面，多有不同，但各有所长。她重灵性妙境，他则偏于历史学术。

其间，赵明诚曾数次游仰天山，观月赏雪，又几番游览长清县灵岩寺，并几度往返京师。他将途中的奇闻逸事，归来尽诉于李清照，夫妻虽不能相伴，却情牵一心，恍若同游。

多年夫妻，情深不减。每次离别，或短或长，皆令其牵肠挂肚，魂牵梦萦。词人本寂寞，奈何两情相悦，不得长相厮守，更添惆怅。

她做不了寻常凡妇，白日打理庭园，夜里穿针引线，倚着门扉，等候远行的丈夫。她将时光，寄于文字，付于相思，留于杯盏。任何时候，她的爱，都如初时，美好纯粹，诗意柔软。

原本触手可及的幸福，却如此缥缈难捉。他，是她心中一盏不灭的灯火，无论身处何境，始终晴光湛湛，恬静安然。

古城的山水，庭园的草木，天空的流云，檐角的微风，乃至案几上的尘埃，都有着绵绵情思。又无关历史风云，无关沧桑世态，只听从于时序的安排，做了文人的诗料。

这日她心事低沉，无处可诉，早早掩了院门，独自一人煮酒寻醉。对着烛花，她填下这首《浣溪沙》。

莫许杯深琥珀浓，未成沉醉意先融。疏钟已应晚来风。
瑞脑香消魂梦断，辟寒金小髻鬟松。醒时空对烛花红。

　　闺中寂寂，杯深酒浓，对着熠熠红烛，浅酌即已微醺。疏钟晚风，
令人魂梦难消。发髻松散，恍然惊觉，相思只在梦中。炉熄香尽，衾寒
枕冷，她辗转难寐，脉脉愁情，浓浓哀怨，难以名状。

　　倘若不曾拥有，便不会有当下的彷徨失落。有些人，一旦遇见，就
再也回不去从前。若他们甘守淡泊，又何必苦苦执着于没落的文物，奔
走远游，以至于聚少离多，徒添烦恼。

　　那年春天，赵明诚游览距青州不远的名刹灵岩寺。她的文字，因为
他的离去，于心中流淌，落于纸上，晕染了河山。

　　世间因果，不遂人意，万般得失，难以周全。他离去，她自是寂寞
难掩，断肠之音，唯寄诗词。一首《念奴娇》，隔了云山万里，人海波
涛，仍读得出她的迷惘与清愁。

　　萧条庭院，又斜风细雨，重门须闭。宠柳娇花寒食近，种
种恼人天气。险韵诗成，扶头酒醒，别是闲滋味。征鸿过尽，
万千心事难寄。
　　楼上几日春寒，帘垂四面，玉阑干慵倚。被冷香消新梦
觉，不许愁人不起。清露晨流，新桐初引，多少游春意。日高

烟敛，更看今日晴未？

斜风细雨，天气恼人，重门深闭，饮酒赋诗，欲寄远行的丈夫。奈何闲愁万缕，征鸿过尽，终是音信无凭。

小楼春寒，阑干慵倚，静坐更添愁闷。日高烟敛，本是晴好之日，可踏青游春，却怕阴晴难料，风雨来袭。

倘若没有赵明诚，李清照的词，更多的怕是一种荒凉与悲戚。就连愁怨，亦失去了主角，少了柔情，没这般耐人寻味。

人生因为有情，而有挂碍，有不舍。后来，这一切又归还于时光，但从前有过的故事、情愫，已不可修改。有些，留存于文字，任凭后人赏读。有些则藏于记忆深处，不复提起。

我知道，在古青州，有过李清照和赵明诚的一段情事，收藏过她的相思。只是，谁又记得，这多梦的江南，也留下过我的红尘，我的烟火。

这个季节，因为有她，红叶多情，万物慈悲。她是妙景，乘风而来，带着一卷清词，一抹归意。

月满西楼

造物弄巧，给人以妙思灵秀，又不肯尽善尽美。世间万物，无论贵贱，从不缺主人，爱时惜之，厌时弃之。

都说物比人长情，岂不知，再深情的旧物，亦不能伴你地老天荒。人生碌碌，却不知所求为何，铅华洗尽，方知所有的执念，都是对自己的惩罚。

与其耗尽一生的光阴，去追逐一场浮华名利，交付一段无望的情爱，不如，等待一场漫天的风雪，守候一朵寂寞的花开。

归来堂，是一个清宁的地方，李清照在此度过了一段安逸的时光。一庭院的梅竹，一窗的烟雨，满地的月华，都入了她的词，流传千古。那些金石字画，是她半世心血，无数个日夜熬煎，让失落的文明，重新美丽地绽放。

她把最纯粹的爱，给了归来堂，给了赵明诚。为了他，她愿放下万丈红尘，与之沉溺书山画海。为了研究金石，她亦可割舍现世安稳。其间的苦与乐，得与失，唯有自知。

数载流光，转瞬即逝。堂前梅竹依旧，镜里容颜早已悄然更改。她之才名，仍旧响彻宋时城池，游走在市井街巷。尽管，一切都会成为过去，她的文采，以及姿色，乃至她深藏的文物，终付烟尘。

宋徽宗宣和三年（1121），赵明诚被任命为莱州太守。多年的隐逸生活，让原本疏淡名利的他，早已心静如水。父亲赵挺之也曾叱咤风云，后惨淡收场，而赵家的浮沉起落，也令他更加厌倦仕途。

风云变幻的朝堂，怎及诗情画意的生活。那些置身官场、听命于君王的人，怎有闲云野鹤这般自在逍遥。无奈这些年，他们夫妇收藏古籍字画，耗费太多银钱，薄弱的家底，早就入不敷出。

近几年，李清照的珠钗首饰，也典当得所剩无几。若只是寻常的简单日子，他绝不会让自己卷入官场，接受摆布。念及满室的文物，需要稳妥的安排，他宁可丢下闲逸，割舍林泉，亦要奔赴莱州。

当年陶潜不肯趋炎附势，辞去彭泽县令，不为五斗米折腰，归去田园，一生再不曾入仕。而今赵明诚与之背道而驰，并非贪恋名利，只是要养家糊口，迫不得已。

这一次，赵明诚未携家眷，独自赴任。习惯了白衣翩然，洒脱无羁，穿戴官服竟有些无所适从。男儿重志气，女儿重情意，多年的温柔相守，最怕的仍是别离。

长亭古道，多少依依送别，他们各怀心事与情思。有些人，小别几月，有些人，一别三年五载，还有些人，转身即是一生。

女子柔弱多愁，如何经得起长久的等待。几个春秋，便是红颜憔悴，风姿不再。宁可平淡地相守几十载，亦不要那虚无的地老天荒。

世间有一种清欢，是不雕饰，没有束缚，简单纯粹地活着。不被人惊，亦不惊人。李清照守着归来堂，不知坐看多少黄昏，饮醉山河，填词几何。

奈何总有相思扰人，情思难解，闲愁不散。这些年，不离不弃的，是杯中的酒、长廊的风，更是庭院里数十株梅。

宋人爱梅，爱其清姿瘦骨，冷傲多情。李清照更是爱梅成痴，她的咏梅词，不胜枚举。归来堂前，梅树成林，飞雪之日，花开有情。厅堂内，炉火不断，煮茶温酒，赋诗填词，乃人间乐事，此生还有何所求？

若人世无战乱纷争，无灾难离别，年年花开，岁岁月圆，多好。也曾朝夕相伴，风雨不惊，当下却独守晨昏，独饮闲愁。

因那无边相思，方有了千古才女的名词绝唱。这阕《一剪梅》，清丽婉转，思绪缠绵，被人吟诵至今。

红藕香残玉簟秋，轻解罗裳，独上兰舟。云中谁寄锦书来？雁字回时，月满西楼。

花自飘零水自流，一种相思，两处闲愁。此情无计可消除，才下眉头，却上心头。

千年前的某个清秋午后，李清照自斟自饮，而后独上兰舟，去往红藕香残处。看大雁归巢，月满西楼，唯她孤影寂寂，旧怨未消，又添了一段新愁。

范仲淹曾有句："残灯明灭枕头欹，谙尽孤眠滋味。都来此事，眉间心上，无计相回避。"纵是有着深远抱负的军事家、政治家，亦有柔情万种、百转千回的愁思。

这阕词，触动了李清照，她所思之人，亦远隔千山。归来堂南面即是范公祠，相隔不远。千古情怀相似，唯所思之人各异，故有了不同的词韵。

流水落花，都是无情之物，因了离别，惆怅更深。时光漫长，不可丈量，寂夜无边，听更漏声声，点点滴滴，说着凄凉。

她于菊花丛中，抱膝静坐，等到黄昏。回首往年秋日，与良人赏菊吃酒，赏文论词，谈笑风生。如今只能依靠回忆，勉强度日。这个秋天，比以往更清寂，更漫长。

没有谁知道，归来堂住着一位才女，名满京华，在宋朝的文坛，闯下一片天地，流芳百世；在后人的品评中，惊艳了时光。

纵然知晓，也只是一时仰慕，何曾珍惜。人生本寂寥，别离的痛楚，相思的烦恼，那诸多的况味，难以言说，唯有自知。

点绛唇

寂寞深闺，柔肠一寸愁千缕。惜春春去。几点催花雨。

倚遍阑干，只是无情绪。人何处？连天芳树。望断归来路。

一个人的时光，是流景；两个人的岁月，是芳华。十余载相处，有小别，有长聚，这次却是久别。春亦孤单，夏亦寂寥，秋也辗转，冬也难眠。

连天衰草，长夜孤灯，相思千缕，柔肠百结。窗外是漫天的花雨，案几上有她娟秀小楷抄写的新词。这炉香焚罢，便可以沉沉睡去，心中的山水，等候下一场轮回。

其实，寂寞也是人生的一种修行。这个冬天，她独自看雪赏梅，几室藏书，几阕小词，潦草打发着凌乱的流光。

这些年，李清照和赵明诚夫妻恩爱，亦是人间佳话。世人眼中的金玉良缘，是郎才女貌，两情相悦。但他们的幸福，一直带着不可弥补的残缺。

当年，赵挺之辞世，最忧心的是赵明诚和李清照无子嗣。然时隔多年，两人仍旧膝下无子，他们虽不理会世俗，却难免心生遗憾。

古人不孝有三，无后为大。旧时女子，若不能为丈夫生子，再好的姻缘，亦不算完美。李清照经受的压力，可想而知。赵明诚心性如常，对其恩宠不减，却到底有冷淡之时。

或因夫妻二人整日忙于金石之事，无多闲暇去在意别人的流言蜚语。又或是，他深爱清照风流，心中不生纳妾之念。然襟怀再宽广，也非金石铸就，世间凡花俗草，亦有娇羞动人之处。

男人的情感，比之女子，到底浅薄，不够坚定。所谓的"情不知所起，一往而深"，生可以死，死可以生，不过是戏文里的故事。他为雅士，也是凡夫，再缠绵的爱情，也经不起光阴的冲洗，经不起离别的寥落。

他的仕途，并没有春风得意，而只有太多的身不由己。若得红颜相伴，则可弥补潦倒失落。那时的她，对他朝思暮想，他或许偶尔想起，却不再有当年的浓情蜜意。

她年华渐老，虽风韵犹存，又怎有妙龄女子的轻盈姿态。那些赌书泼茶、玩赏文物的惬意日子，去了哪里？踏雪寻梅、挥笔泼墨的岁月，不见影踪。独留她，对着西窗，轻剪灯花，曾经的骄傲，成了幽怨。

世上万般风景，可与人共赏，唯爱自私，不能和人分享。她深信他的情意，却因膝下无子，心中惶恐不安。于他，她怀有歉意愧疚，又不肯轻易低头。

她的担忧，从不与人言说，赵明诚亦不知。任何时候，她都不想碰触自己内心的柔软，她害怕世俗无情的刀剑，会将之刺伤。

古时深宫女子，守着一方庭院，所有的日夜，只为等候一个男子。对她们而言，一生似乎格外漫长。李清照的处境，虽胜过她们，却终避不开凡尘的纷扰。

李清照忧惧之事，似一场浩荡的秋风，她还来不及躲藏，就被伤得体无完肤。但无论遭遇何事，她自可从容面对，一笑而过。她的世界，一如既往，百媚千红，有草木可以衬景，文字可以疗伤。

　　而他，万花丛中过，也不过寻常滋味。终有一日，会重新对她俯首称臣。

卷四

帘卷西风，
人比黄花瘦

武陵人远

　　有些人，携手走过一段人生阡陌，不争不闹，不离不散，就那样淡了。人的情感，亦如诗词，有起承转合，平淡浓烈。如四季风景，有春花秋月，也有冷暖荣枯。

　　世间没有永远不变的情爱，更无一世不变的诺言。执着于物，执着于景，或是执着于情，都是一种过错。都知世事无常，众生却依旧按照自己想要的方式，努力坚强地活着。

　　她该是万水千山都走过，有过荣宠，历经起伏，还有什么不能接受、放下。她成名于京师，锦绣百篇，至今仍被人反复提起。隐逸在归来堂，茶酒不绝，尽享清欢。

　　她虽豁达，有气度，亦有难平的心事。她托鸿雁传书，填词诉相思，他自是懂得，却难以唱和。她以为，他此生有了金石字画，有她红

袖添香，再不会要其他。若论风流雅致，世间怕再无人能及李清照，有
妻如此，夫复何求。

她错了，人生欲求没有止境，浩浩心海难填。处百花丛中，有几人
可以片叶不沾身？

往事依稀，美好的，伤情的，一切皆在梦中。李清照不惧流年相
摧，却怕彼此的情意被时光消磨。婉约的宋词，蕴藏了多少风流缱绻的
故事，读过的人皆知。每日红香绿玉，推杯换盏，有几人禁得起雨香云
片的诱惑。

赵明诚在莱州任职，因李清照不能做伴，竟纳了妾，消除寂寞。在
宋朝，男子纳妾乃常见之事，无论是达官贵人，还是文人词客，纳妾有
如饮酒喝茶那般寻常。

风雅倜傥的苏轼，也有侍妾王朝云，伴其宦海沉浮，琴瑟和鸣。纳
妾成了一种风尚，甚至有帝王鼓动臣子纳妾，蓄养歌妓，以此为乐事。

旧时文人雅客，有几人一生一世一双人。西晋富可敌国的石崇，有
宠妾绿珠；唐人白居易有侍妾樊素和小蛮，能歌善舞，伴其身侧，恩爱
情长。

李清照和赵明诚两人的感情，并非寻常百姓的爱，是一种超越红

尘，引为知己的爱。自古良朋可三五，妻妾可成群，而知己却是唯一。骄傲如她，又怎肯与人分享心中所爱。

《浮生六记》里的芸娘，育有一子一女，只因身子柔弱，主动给丈夫沈三白纳妾。他们相爱情深，风雅韵事不输于李清照和赵明诚，可她甘愿默默为之付出，喜乐无悔。

芸娘心性恬淡，温柔如水，她愿意接受丈夫有侍妾，而沈三白却几番推托。如今赵明诚不与李清照商议，私自于莱州纳妾，这般态度，对清照，对他们之间的感情，都是一种伤害。

当年，司马相如娶卓文君为妻，两人海誓山盟，她为他历尽风霜苦楚。后来，司马相如得君王赏识，爱慕风尘美女，欲纳茂陵女为妾，后被文君感动，终与之携手终老林泉。

赵明诚不曾如此，尽管他深知此生再难遇如清照这般高才灵秀的女子，但面对明眸善睐、温柔秀丽的佳人，依旧心动不已。他纳妾，或为风流，或仅仅是为了生儿育女，这一切，都掩饰不了他对她的背叛。

他纳妾，虽合情理，但没有与清照商量，实属不该。她愿此情不改，与之白首，却未必无容人之雅量。若得一妾为其生儿育女，洗手做羹汤，又有何不可。

也许，世间最好的情感，便是一生心动一次，一生只爱一人。余者，皆为擦肩。奈何，人生有太多的际遇、无常因果，让人疲惫不堪。诸多念想，成了痴想，不可求，不可得。

听闻赵明诚纳妾，李清照心中波澜迭起，但她知道，漫漫人生中，都是过客。再长情的陪伴，也会结束，有一天，甚至相对无言。

于是，词里字字句句，都是愁怨，皆为心血。

凤凰台上忆吹箫

香冷金猊，被翻红浪，起来慵自梳头。任宝奁尘满，日上帘钩。生怕离怀别苦，多少事、欲说还休。新来瘦，非干病酒，不是悲秋。

休休。这回去也，千万遍阳关，也则难留。念武陵人远，烟锁秦楼。唯有楼前流水，应念我、终日凝眸。凝眸处，从今又添，一段新愁。

是啊，凝眸处，从今又添，一段新愁。李清照心中生出武陵人远、烟锁秦楼之感叹。她憔悴消瘦，非干病酒，亦不是悲秋。平生最怕，是离别，是此生所爱之人与之渐行渐远。

武陵人远所用的是《桃花源记》和刘义庆《幽明录》里的典故。《幽明录》言刘晨、阮肇山林迷路，与两位仙女共度半载，待他们下山后，世间已过数百年。

秦楼是秦穆公修建的凤台。萧史极善吹箫，声如凤凰，秦穆公之女弄玉倾慕而下嫁，穆公为二人建造凤台，供这对璧人游玩。一日，萧史箫声引来凤凰，二人便乘凤仙去。

"曾经沧海难为水，除却巫山不是云。"每个人心中，都有一片沧海，一座巫山，不可替代，不可逾越。但红尘往往无情，鸳鸯离散，不能相守。

有时想来，花好月圆，原是巷陌间的故事，尘世姻缘，多不过是一场幻梦。举案齐眉，相敬如宾，也怕只是人间佳话，千古奇闻。滚滚红尘，饮食男女，哪儿来那么多的相濡以沫，至死不渝。

身为女子，原不该用情过深，偏偏又是天性使然，无可逃脱。爱上一个人，或许只在一瞬间，忘记一个人，却要用一生的时光。

愁似春草生无迹，又若秋鸿杳无痕，万千滋味，说与谁人。他在那儿，已有新宠，怎会理她情态婉然，柔肠百转。他红烛高照，锦被香暖，如何顾及她清凉雪夜，独坐天明。

流光不问悲喜，悄然而过，对才女，对凡妇，没有区别。红尘路上，有些人留恋雪后的那树梅花，沉于梦中不肯醒转；有些人则匆匆赶赴，那场最早的春光。

　　她坐对菱花镜，描眉涂腮，芳华虽逝，春心依旧。又敛眉垂袖，挥笔填词，写下一首《蝶恋花》，任它光阴，往来游走。

　　　　暖雨和风初破冻。柳眼梅腮，已觉春心动。酒意诗情谁与
　　共？泪融残粉花钿重。
　　　　乍试夹衫金缕缝。山枕斜欹，枕损钗头凤。独抱浓愁无好
　　梦，夜阑犹剪灯花弄。

　　早春的风物，明丽多姿，她愁闷的心情，亦随着万物一同苏醒。她的词，不写春寒料峭，而写暖雨和风，柳眼梅腮。

　　酒意诗情谁与共？想当年，初相遇，他还是一位风度翩翩的太学生，二人婚后闲游汴京街巷，欢喜不尽。流连于相国寺，觅得碑文展玩，觅得果子咀嚼。

　　他们的诗情酒意，绝非寻常文人花前月下浅醉低吟，而是一种更为高雅的生活方式。对着归来堂的书卷字画，她心生悲戚，过往赌书泼茶的日子，为何一去不复返？

　　山枕斜欹，枕损钗头凤。万物是点缀，是陪衬，也是负累。这些年，为了他钟爱的事业，不惜数次典当珠钗衣物，只求数册残简，几页

断章。

自知抱着浓愁无好梦，便反复剪弄灯花，盼着远方的良人，亦会在此寂夜将她温柔想起。岂不知，她的思念里，有太多的不安和焦虑。

她不过假装平静，因为山重水复，未必可以柳暗花明。走过去了，是花好月圆；走不过，是沧海桑田。

踏过春光，采罢莲荷，宣和三年（1121）秋，李清照打点行囊，去莱州和赵明诚相聚。许是赵明诚念她孤清，写书信令她前往，许是她再也经不起无望的等待，执意要去。

数载相聚，又多番伤别，她厌倦了万水千山。她闲隐归来堂十年，静心打理书籍文物，草木为诗，风雨成词。她以为，此一生，可以守着归来堂亲植的梅花，再不言别离。

山河飘摇，你我不过是世间庸碌的凡人，怎可不听命运安排。奔向所爱之人，本是欢喜，可一夜之间，她却形容枯槁，心中止不住地荒凉。

这种悲意，无以言说，纵她有风流词笔，亦无法描摹。归来堂，让她放心不下的，是他们收藏多年的金石字画。除此，别无长物，亦无可让她萦怀之人。

　　闲居归来堂多年，李清照结交了不少闺中好友。她们在她寂寥之时，温柔陪伴过，或游春踏青，泛舟采莲；或红叶题诗，雪中折梅。

　　她的离去，并非清冷无声，长亭送别，有许多的依恋和不舍。古道黄尘，带走过多少孤影萍踪，又掀起过多少滔滔世浪。

　　那年江湖，她一人，行色匆匆，眉角含几分秋色，鬓边携几缕凉风。

相知相安

花飞雨落的时光啊，愿一世安稳，此生多珍重。每个时代，都有不同的幸运和悲哀，活在当下，与万物一同修行，是缘分，自当随喜。

她的故事，发生在宋朝，后人所知的，亦只是一些散落的片段。也许真实，也许虚幻，在天地间，一喜一悲，一言一行，都只是她自己。生为才女，拥有寻常人不可企及的高度，也有着凡人所不能感受的孤独。

昨夜有梦，去了一处深山道院，树木繁茂，庭台苍郁。不知是哪个朝代的，亦不知是何地名山，与我同往的，更记不清是何人。

山径苔藓斑驳，道观的牌坊以及院墙，有着岁月的深痕。长廊处，刻着魏晋唐宋字碑，未曾细看，也知经了风雨。那里本是修行道场，不该有太多的历史和沧桑，千古风流，唯有绿水青山。

醒来心中止不住地荒凉和伤悲，茫茫人海，却无可倾诉之人。回到书卷里，又念及这与我隔了千年的女子，为她的人生际遇，心存悲悯和感叹。

那时的她，羁旅漂泊，转山走水，去莱州。而我用流年，换取了这短暂的安稳，只因，我不知余生还会有怎样的遭遇。

青州到莱州，不过几天的路程，李清照却觉山迢水远。途经昌乐，她独自歇息于某个不知名的驿馆。寂夜无眠，青灯一盏，听窗外秋风瑟瑟，忧思万千。

她想起在青州时，那些姐妹送别之景，情思涌动，提笔填下一首《蝶恋花》。

> 泪揾征衣脂粉暖。四叠阳关，唱了千千遍。人道山长水又断，萧萧微雨闻孤馆。
> 惜别伤离方寸乱。忘了临行，酒盏深和浅。若有音书凭过雁，东莱不似蓬莱远。

"惜别伤离方寸乱。忘了临行，酒盏深和浅。"人情若酒，或深或浅，一朝伤别，天涯各思。她愿此番离别后，诸多姐妹常把音书传递，维系多年深厚的情谊。

相逢近在咫尺，为何她心中毫无欢喜，更多的是慌乱和忧虑？这些年，除了日益开拓的词境，还有的，则是日渐憔悴的容颜。

想当年，他丰神俊朗，她花容月貌。今时，他许是不见沧桑，而她清丽秀美不再。满腹才情，是她所有的筹码，她未必会输。

莱州，虽不及青州小城文明古老，却也历史久远，有着它自身的风物人情。于她，这里一切皆为新景，但此处的草木建筑，却不陌生。想着这座城，有她熟悉的人，心中竟掠过些许柔情。

简陋的厅堂，倒也洁净，身边的侍妾，清秀灵巧，很是动人。那女子对她盈盈一拜，她内心酸楚，却强作欢颜。她明白，女子最美的并非绝代才情，而是青春韶华。

李清照忍不住叹息，她千思万念的人，明明就在身边，为何恍若天涯。她未赌先输，事已至此，倒也坦然。赵明诚心怀愧疚，以往柔情缱绻的眼神，开始逃避躲闪。

她不说，他亦不语。他知道，再多的解释，都是苍白。他或许可以得到她的谅解，但他们之间的情分，再不能回到最初。

爱情若美玉，纯洁无瑕，若有了裂痕，被时光侵蚀，再难如初。她冰洁清高，自不喜别人参与他们的事，惊扰她的心情；却忽略了，他生活在这个时代，终不能免俗。

今非昔比，他入了仕途，居太守之职，有了俸禄。她不在身侧，又有貌美女子爱慕他。加之，夫妇多年未育子女，此时纳妾，当是良机。

情感路上，没有谁最早，亦无谁太迟。她也曾是新人，窗边夜话，枕畔风流，如今转身成了故旧。

于是，在冷冷清清的黄昏，几人用罢餐饭，无多言语，李清照独自睡下。那个夜晚，风雨袭窗，她掩门独坐，有意避之，只因一时间，她不知该如何面对。

接连几日，赵明诚未似从前一般，与她谈诗论词，饮酒作乐。他忙于公务，偶有闲暇，也不敢亲近于她，始终心存歉意。只盼着某天，择了时机，和她重归旧好。

莱州的居所，不及归来堂明净雅致。这里窗台破败，桌椅陈旧，无书籍字画，无美酒香茗。如此冷清之所，令她百无聊赖，索性闭门写诗，寻回风雅。

那日，她提笔写下《感怀》一诗。并在序中，道其遭遇之可怜，实讽明诚。

宣和辛丑八月十日到莱，独坐一室，平生所见，皆不在目前。几上有《礼韵》，因信手开之，约以所开为韵作诗，偶得"子"字，因以为韵，作感怀诗云。

寒窗败几无书史，公路可怜合至此。
青州从事孔方君，终日纷纷喜生事。
作诗谢绝聊闭门，燕寝凝香有佳思。
静中我乃得至交，乌有先生子虚子。

她不爱浓墨重彩，喜清淡简约。她不要华屋锦具，愿守朴素陋室。她也不要珠钗首饰，只要素衣粗食。莱州陈旧的屋舍，她未心存抱怨，只是过往的良人，为俗事操劳，丢了情趣，令其烦恼。

若他守着诺言，安于孤独，她所忍受的相思熬煎，都是值得。但此番相聚，他尘虑萦心，有了新欢，她不再是他窗前的明月，心头的朱砂。

李清照虽心存气恼，但人生还得继续，更何况那个时代，夫唱妇随。李清照接受当时境况，她知道，她膝下无子，于人前终是不孝。

争闹失了气度，放纵丢了涵养，她一生清高如莲，自不落俗流。世间女子万千，花开数枝，她不过是其中一朵。既已如此，又何必拘泥于一情一物，而心力交瘁，暗自神伤。

成全与放下，是对别人的悲悯，对自己的饶恕。执念过重，则成了心魔。聪慧如她，想必不消数日便可将烦闷统统抛开。

李清照在赵明诚心中的地位，从未有过丝毫的动摇。纵使他身边有了侍妾，情之所钟的仍是这位风情摇曳的才女。

见其抑郁悲伤，他心痛愧疚。如今她宽容相待，更令他心生感激，愿将这多年的缺憾，用所有的深情去弥补。

既已释怀，便无纠葛，纵使有，亦该接受。于是二人又寄情酒杯，偶填佳词，于静治堂中，夫妇共同整理《金石录》。

"装卷初就，芸签缥带，束十卷作一帙。每日晚吏散，辄校勘二卷，跋题一卷。"

人之情感，与历史文物相比，似乎太过渺小。岁月无心，记不住你曾有过的离合悲欢，却留下了昨日的丰功伟业。这一切，因为有情之人，细心钻研，努力经营，让其重新有了生命，有了价值。

这期间，赵明诚与数位幕僚，同登莱州云峰山，极目望远，河山巍然。于大自然中行走，人与草芥无异，仍需怀敬畏之心，谦逊温和。

赵明诚初来莱州，在南山得北魏郑道昭下碑。遣人往天柱山之阳，访求上碑，在胶水县，得之。

云峰山，又称"笔架山"，为莱州名胜。山高林密，风景奇佳，古迹甚多。山麓至山顶，有北朝石刻十七处。北魏郑道昭于此留下题刻两处，均在险峻摩崖之上。

郑道昭，字僖伯，荥阳开封人，北朝魏诗人、书法家。被誉为"北方书圣"，在当时与王羲之齐名，有"北郑南王"之称。他的摩崖石刻《郑文公碑》，为魏碑之精品。其书法谨严浑厚，刚劲雄浑，堪称一代名作。

宣和六年（1124），赵明诚被调任淄州太守。淄州，即今天山东省淄博市淄川区，在春秋战国时期，是齐国国都。著名的稷下宫，就在这里。此地文物颇丰，有齐地遗风，亦隐遁了许多文人雅客、智者高士。

于赵明诚和李清照而言，山水即是风景，文物皆为财富。他们将莱州收集的字画书卷，运回了青州。而后，赵明诚去淄州上任，一同前去的，有李清照，还有侍妾。

夫妻携手，恩爱同心，何惧流离辗转。纵有不尽如人意处，也不必猜嫌，所有的际遇，都只视作人世的修行。去往何处，留驻哪里，并不重要。

尽管，她知道，眼前的一切，都将如幻境，会消失无踪。想当年，白居易年老体衰，再无心红尘，卖了他的白马，遣散他的侍妾，独自归隐。

也许有一天，他们亦会抛却所有，视万般若尘埃。只要他在，只要她好。

和时光闲谈，不慌不乱。与命运握手言和，从容安宁。打马江湖，风露酿酒，草木作诗，此一生，可富可贫，亦可起可落。

河山动荡

一城一风物，一景一年华。

齐鲁之地，也有微风细雨，小窗幽梦。于世人心中，宋朝的河山，无论何地何城，皆该温软多情。每个城市，都是一阕词，都有一壶酒、一个梦。

淄州的寓所，亦无归来堂的轩院敞亮。然陋室朴素，也有风流趣事，陈旧厅堂，亦不缺书韵茶香。

赵明诚本无心功名，官居何职，又或任命何处，都且随意。除了必须处理的公务，他所有的时间，都用来搜集金石字画。而伴他浮世风尘的，终是一个李清照。

纳妾之事，于他们而言，恍若一场梦，早已无关痛痒。李清照做回了她的主角，在属于他们的风景里，肆意饮酒，即兴填词。

赵明诚每至一处，即在民间各地寻访，找当地文物。那日，在其治下的一个村子里，得白乐天手书的《楞严经》，欣喜若狂。

"因上马疾驰归，与细君共赏。"他策马疾驰，拿回去与李清照共赏。赏心之事，爱惜之物，与知心人同享，乃为世间至乐。

多少次得遇珍稀之物，二人皆于灯下赏玩，直至茶凉烛尽，迟迟不肯入睡。此生，李清照是他唯一的妻，凡尘再无女子，与他心灵相通，惺惺相惜。

他们的生活，是宋人的生活。他们的岁月里，全是金石书画。他们的爱情，是诗酒词茶。有人说，幸福是一种奢望。然而，幸福亦很简单，是两个人互相偎依，平淡相守。

那时，他们的世界，如四月的牡丹，韶华胜极。大宋的山河，则冰天雪地，气若游丝。繁华似锦的汴京，将成硝烟弥漫的战场。美酒佳肴，付与残阳夕照。浅吟低唱，换了刀光剑影。

宋徽宗此生最大的功德不是坐拥大宋王朝，而是他的瘦金体。他无意万里河山，当金兵大举南侵时，他选择仓皇逃遁。

"皇太子可即皇帝位，予以教主道君退处龙德宫。"宣和七年十二月，太子赵桓即位。次年，改年号为靖康。徽宗退位，号教主道君太上皇帝。

靖康元年正月，徽宗闻金兵已渡黄河，连夜向南逃窜。徽宗仅带蔡攸及内侍数人，借"烧香"之名，仓皇逃出汴京，抵达亳州，接着又逃至镇江，以避祸乱。

宋钦宗赵桓，极不情愿地登上那把龙椅。宋徽宗传予他的山河，早已残破不堪，他柔弱的身躯，如何抵挡得住大金的铁骑。他想逃，却被困于汴京，无处躲藏。

金兵包围了都城。因汴京守御使李纲，领兵奋力抵挡，金兵未能破城。当金兵久攻不下，要求议和时，宋钦宗即刻同意，割地求和。

金兵退后，汴京一片荒烟蔓草，遍地狼藉。大宋的君臣匆忙收拾残局，继续他们醉生梦死的生活。他们深知，当下的平静，会在不久之后随着再度袭来的战火灰飞烟灭。

李纲被贬，堂堂大宋还有谁可以力挽狂澜？那些曾经同仇敌忾、浴血厮杀的将士，已经挥不动刀剑，没有了收复河山的霸气。

十一月，金兵又来侵犯，汴京陷落。从此，大宋的锦绣山河只能在梦中寻找。那里，帝王将相坐拥江山，挥笔泼墨；诗人词客青梅煮酒，把盏言欢；江湖侠客风云聚会；商贾贩夫四海云集。

可如今，战火烽烟，幕天席地，生灵涂炭，百姓四散奔逃。歌舞升平的宋王朝，一夜之间落幕，惨淡收场。

大宋天子，皇子亲王，公主嫔妃，辅臣乐工，内侍倡优，皆被掳掠，成为阶下囚。

被囚禁的宋钦宗抵达金营，备受屈辱冷落，度日如年。雕栏玉砌的宫殿，成了简陋残败的小屋。暖酒温茶，亦换作冷饭残羹。

寂寥无主的汴京城风雪连绵，百姓无以为食，饥寒交迫。多少人被抛尸荒野，白骨森森，惨不忍睹。

然金人仍不罢休，劫掠金银财物，书籍医典，各种工匠，尤其是女子，供他们践踏，死伤无数。

北宋王朝被洗劫一空，汴京城内怨声载道，民不聊生。如此惨烈景象，于宋人心中留下不可治愈之伤。北宋亡，史称"靖康之变"。

《瓮中人语》记载：靖康元年十二月，"二十四日，开宝寺火。二十五日，虏索国子监书出城"；次年正月，"二十五日，虏索玉册、车辂、冠冕一应宫廷仪物及女童六百人、教坊乐工数百人……"

《呻吟语》载："被掠者日以泪洗面。虏酋皆拥妇女，恣酒肉，弄管弦，喜乐无极。"

一使臣吴激作《人月圆》词说："南朝多少伤心事，犹唱后庭花。旧时王谢，堂前燕子，飞向谁家。恍然一梦，仙肌胜雪，宫髻堆鸦。江州司马，青衫泪湿，同是天涯。"

宋徽宗、钦宗被金人掳后，徽宗写下《在北题壁》："彻夜西风撼破扉，萧条孤馆一灯微。家山回首三千里，目断天无南雁飞。"

两位尊贵的大宋天子，被关押在五国城，饱受折磨屈辱，最后凄凉死去，就连魂魄也回不了故里。囚禁之时，唯借诗酒，伴其潦倒凄凉。

靖康之耻乃大宋王朝一场浩荡的劫数，惨烈惊心，不忍听闻。南宋大将岳飞曾写道："靖康耻，犹未雪。臣子恨，何时灭。"

暮色起，晚云收。靖康之变，致使宋室南迁，康王赵构在南京（今河南商丘）即位。国号仍为宋，史称南宋。后迁都临安府，即今杭州。（1129年，改杭州为临安府。）

　　南宋，在纷乱不安中寂寞地开场，演绎了另一种动荡与风情。君臣偏安江南，北国沦陷的山河，已是繁华旧梦，再无人敢轻易触碰。

　　不经硝烟的南国，仍自酒浓茶香，歌舞不休。秦楼楚馆，流水画舫，比之北方，风流更甚。南宋的诗词绘画，亦在那时，达到了鼎盛。

　　江山坠落，众生无依。李清照和赵明诚亦被这场战火所伤，往后随着皇室南逃，人生有了莫大的转变。

　　汴京，是北宋王朝的往事，亦是他们的往事。他们所忧心的，是收藏了多年的古籍字画，是归来堂的安稳庭院。令其怅惘叹息的，是一去不复返的山河。

　　生命的琴弦，弹奏出苍凉的悲歌。李清照是有气节的女子，巾帼不让须眉，但其柔弱之力，终难抵世事变迁。

　　随波逐流非她所愿，能做的，只是填几阕词，留几分傲骨。她不知，未来等候她的，是奔逃流离，孤独荒芜，是漫漫无边的岁月，不可更改的宿命。

　　任你才高可笑王侯，桀骜不羁，亦得顺从世运。山河沦陷，她也惊慌失措，心痛难当。悲伤之余，在这荒落之城，又该何去何从，是走是留。

那年三月，宋徽宗被金人掳走。而赵明诚亦闻得在江宁（今江苏南京）的母亲离世。于情于理，他都要立刻前往。

夫妻二人忧虑归来堂的文物，几番商议，决意由李清照先回青州，安顿好那些字画典藏。怕多年心血，付之战火，归去时，空留余恨。

乱世的马车，亦是仓促恐惧；古道奔走，人心惶惶。他们紧握的双手，又将松开，再相逢，不知是何年。

抵达青州，归来堂尚未被烽火侵扰，亦未受刀剑相逼。平静之下，暗藏着风浪，这场劫数，从都城蔓延至青州的天空，经久不息。

匆忙中，整理了归来堂诸多的文物。《金石录后序》里有记载："建炎丁未春三月，奔太夫人丧南来。既长物不能尽载，乃先去书之重大印本者，又去画之多幅者，又去古器之无款识者，后又去书之监本者，画之平常者，器之重大者：凡屡减去，尚载书十五车。至东海，连舻渡淮，又渡江，至建康。"

经过百般取舍，运走的文物有十五车之多。而留于青州的，仍占了十余间屋舍。数载春秋，不过一花一叶。她岂知，多年所得，终将归还给天地。

深爱过，方知离苦。乱世中，犹见患难。此番作别，比之寻常更为不舍，泪眼相看，也只能转身。

碧云天，黄叶地，秋色连波，波上寒烟翠。

归来遗恨

　　世间万物，皆有来处，亦有所归。我们若微尘一般，寄居于此，善待每一种风物，也被风物善待。

　　都说旧物有情，可伴你流年经世，与你风雨同舟。奈何，此刻你是它的主人，几番辗转，谁又取代你的位置。

　　那些字画金石，曾有过无数旧主，承载了无数的情感和故事。后来，被明诚和清照带回归来堂，细心呵护，重新有了温度与价值。

　　每一册书籍，每一幅字画，见证了他们的青春、爱情，也深知他们数载离合悲欢。

　　江山易主，亦如花开花谢、月圆月缺这般寻常。只是，置身于这个朝代的人，难免深怀悲楚。处乱世，纵有再高深的修为，也不能做到毫发无伤。

　　看那庭前花树，门外翠竹，檐下鸟雀，安然人间，物物有情，不与世争。见得堂前主人收整藏物，亦不免惊慌失色。不久之后，这些草木生灵，随着战火的蔓延，亦将经历一场前所未有的灾劫。

　　赵明诚走了，再也没有回来。留下她，独守归来堂，满目繁华，却有着道不尽的悲凉。

　　夕阳晚照，投林的倦鸟，已在巢中。人的一生，宛若漂萍，看似有所寄，却无所依。

　　容颜在等待中，慢慢憔悴，人也柔弱无力。眼前的景，珍藏的物，因为山河飘摇，显得虚无缥缈。

　　曾有过约定，此生隐于归来堂，守着室内的残卷古籍，庭院的梅竹，双双终老。他不离，她不弃。

　　并非是谁背叛了诺言，而是世事转变太快。烽火连天的岁月，前程未卜，任何停留处都有可能是终点，任何转身，都可能是诀别。

　　大宋的帝王臣子，退避江南，在温山软水中，回忆那场远去的汴京遗梦。他们尚未从悲痛和惊恐中醒来，每日纵声歌酒，只为掩饰那亡国之耻。

南宋王朝，带着前世残存的气息，在杏花烟雨的江南，慢慢疗伤。这里有小桥春柳，庭院月光，秦淮画舫，更有无数的风流才俊，绝色佳人。

沉醉于此，他们甚至淡忘了中原的大好河山。捧着酒杯，握笔的手，再也执不起刀剑。或许，浩浩江山，能者居之，只要百姓安乐，谁为主谁是奴，有甚重要？

建炎元年（1127）七月，赵明诚任江宁知府。北方战火肆虐，青州城，却未能幸免。城中的官府士绅，市井百姓，皆整理好行囊，随时准备举家搬迁。这座曾给了他们温情安稳的城，如今却要无情离弃。

十二月，青州发生兵变。青州郡守曾孝序派遣手下将官王定去平乱，后者兵败而归。曾孝序严厉训之，若不平乱则军法处置。王定气恼，发动手下败兵倒戈，曾孝序父子惨遭叛军杀戮。

郡守被杀，青州城陷入战火中，城里烧杀抢夺，一片混乱。偌大的城池，以往人文汇聚，商贾往来，而今草木皆兵，再无可寄身之所。

壮丽河山，经不起战火的摧残；至美红颜，耐不住岁月的磨损。叛军纵了一把火，不仅烧毁了万家屋舍，更将归来堂十余间的字画典藏全部烧作灰烬。

历史一直在创造美好和神奇，同时又无情地毁灭了它们。当年，秦始皇焚书坑儒，销毁了太多的经典，而不能传世。更莫说，各种珍奇名贵，不知有多少毁于战火。

惋惜之余，明白了一个道理。世间之物，不缺主人，纵然在手，亦只是一段陪伴。你能拥有的，不过是几个朝夕，而后许多载春秋，都形同陌路，无处可寻。

人事或已凋零，珍奇落入他人之手。此间，有太多人迷失本性，成了名利的奴仆。本是爱物之人，到后来，竟丢了初心，落了俗流。

过美的文章，绝妙的词华，才学之士一挥而就，写尽了人间沧桑。造物主深怕人间自此再无灵秀可言，故收了许多回去，留些与后人撰写。

谢灵运曾说："天下才有一石，曹子建独得八斗，我得一斗，天下共分一斗。"可见文人皆冷傲，而自恃高才者又岂是他一人。

只是文章乃天下人所有，才高者不计其数，奈何都被岁月湮没了。多少人满腹才学，一生寂寂无名，做了山野村夫，无声老去。留于人世的，不过是斜阳下一座荒冢。

人如此，物亦如此。万物皆背负自己的使命，有着不可磨灭的印记。生命没有贵贱之分，一切在于人心，你视若珍宝便价值连城，你薄情待之则一文不值。

"青州故第尚锁书册什物，用屋十余间，期明年春再具舟载之。十二月，金人陷青州，凡所谓十余屋者，已皆为煨烬矣。"

这冰雪女子，遇兵荒马乱，也难做到处乱不惊。想来，当时定是有成群的叛军闯入院子，一把火，将归来堂点燃，火势瞬间烧开了去。

数载珍藏，每一件都是她之心血，如朋似友，怎舍得轻易弃去？无奈她柔弱一人，奔逃保命尚来不及，怎顾得了这些文物。

想当年，锦绣辉煌的阿房宫，亦躲不过一炬，更何况这青州城的小小院落。没有人知道，她是名动京师的才女，纵知，亦是同等对待。也不知，这十余室的藏品，价值几何，承载了多少历史文明。

大火映红了半边天空，李清照自是挥泪泣血，悲伤之情不可言喻。归来堂的房舍草木，鸟雀虫蚁，随着这场大火，也消失无踪。

青州城里，百姓奔逃，尸骨遍野，叛军所到之处，肆意地杀伐掳掠，惨不忍睹。

李清照于大火中，抢回了有限的几件物品，其中有蔡襄所书的《赵氏神妙帖》。此帖为赵明诚钟爱之物，对他有着非凡的意义。

她尽力了，独自背着残卷，一路匆匆南逃。当时落魄狼狈，惊慌恐惧，不言而喻。

她回首西楼，曾经的月满，那年的雨落，一场无情的大火过后，只剩断壁残垣。任凭后人如何去修葺，再也回不到从前的模样。

溪亭日暮，熟悉的残荷，怕秋风，更怕世情。曾经那乘舟采莲的少女，被风霜急摧，容颜失色，灵秀的词，描绘不了消逝的风景。

这座城，见证了她灿烂年华的绽放，也给了她风雅。此番作别，今生怕是难再归来，转山转水，所去之处，所到之城，又会有怎样的际遇？

绝代才女，仕宦之妻，沦落到此番境地，与平常百姓一般，在逃难的人流中，不知所往。

褪去了绫罗绸缎，着素衣青衫，背单薄的行囊，她也只是一名凡妇。用银钱，换取一个馒头；拿珠钗，换来一碗淡酒。

也是经过风浪之人，当下的落魄凄苦，并无多少可惧。她心痛的是破碎的河山，是耗尽心力亦保全不了的文物。

倘若那些藏品落入他人之手，倒也作罢，至少存留于世间，不过是换了主人。而今化作灰烬，与这个朝代一起灭亡，怎能不令人伤悲。

乱世中的人，日子得过且过。人世的忧患和荒凉，只有经历过才能深知。滔天大难之后，天空异常平静。

秋风瘦水，古道寒鸦，过往历历在目，只是看不见未来。她要去江宁，那座南国古城，于她早有过字里相逢，如今终于可以去看清它真实的模样。

朱雀桥边，乌衣长巷，王谢风流，百姓人家，等待她的会是另一种现世繁华，又或沧桑巨变。

世事恰如人生，时而萍聚，时而云散。天地苍茫，总有日光照不进的地方。人世纷扰，我愿顺流而下，寂寂无名。

荒烟枯杨

　　宋人有词："一寸相思千万绪，人间没个安排处。"说的是当年的他，亦是此时的我，又或是将来的你。

　　十年心事，江湖风雨。想来此生无论身寄何处，或寥落清贫，或赢得功名，皆无真正的安稳。人若漂萍，无根无蒂，万里的江山，亦填不满内心的荒芜。

　　原谅我的怯懦，多少次与世界背离，只为活出纯粹的自己。但命运顽固，不为任何人更改初衷，到最后，都只能妥协。

　　也曾有赏梅吟诗、交杯换盏的静好岁月，只是不惊时光，终有波澜。亦如那时的江南，其温润气质，掩不住乱世的悲凉。

　　斜阳晚照，荒烟蔓草，她一个女子，带着一点残余的书画，狼狈逃亡。跋山涉水，见炊烟人家，皆盼为其隐身之所。

　　人世大悲，莫过于王朝倾覆，英雄末路，红颜无依。倾覆的是唐宋元明清。末路的是不食周粟的伯夷，是自刎乌江的项羽，是壮志未酬的岳飞。无依的是，漂泊中的李清照，寂寞中的朱淑真，和烟花中的苏小小。

　　时势无常，唯有亲历了，才知忧患是那样真。人遇逆流，明白连艰难都贵重。其心婉约，纵为残照瘦水，亦是风光无际，恣意徘徊。

　　路上行人纷纷，皆不相识，但患难相同。都说修行千年百年方得人身，可这烽火硝烟时代，一落劫数，卑微如尘。

　　驿站留宿，寂夜挑灯，往事依稀，闲愁如水。上一次远行，是因为朝廷党派斗争。一转眼，十数年已过，这一次远行，则是山河飘摇。

　　平常之人，虽可针砭时弊，或生怨意，但不可不爱家国，更不可为些小利，丢了气节风骨。

　　自古以来，有"人生自古谁无死，留取丹心照汗青"之激越，亦有"捐躯赴国难，视死忽如归"之壮烈，更有"王师北定中原日，家祭无忘告乃翁"之悲怆。

　　然再多的苍凉世情，亦不能让一位寻常女子背负。此情此景，不禁让人想起花蕊夫人。她乃五代后蜀主孟昶的贵妃，容貌出众，且能诗善赋，才情惊世。她曾仿王建作宫词百首，为时人称许。

　　孟蜀亡国后，花蕊夫人被掳入宋宫。因宋太祖慕其诗才，召她陈诗。于是，她在朝堂之上，写成一首："君王城上竖降旗，妾在深宫那得知？十四万人齐解甲，更无一个是男儿！"

　　史料记载，当时破蜀宋军，仅数万人，而后蜀则有十四万人之众。以强敌弱，易守难攻，哪有兵败之虑？然而，却因蜀君久耽淫乐，君臣毫无斗志，方有了这场悲剧。

　　十四万将士，无半点血性男儿之豪气，甚至不及女子之慷慨。他们的懦弱，致使不战而败。刀光剑影下，自免不了烧杀抢掠，百姓遭殃。就连明哲保身的投降派，怕也逃不过身首异处的悲惨结局。

　　当下南宋之境况亦如此，瘦弱的君臣守着江南的半壁河山，艰辛度日。面对横行肆虐的金兵，那些豪气冲天的男子，那些钩心斗角，于政治斗争中，呼风唤雨、吹毛求疵的人，到了这时节，再无气势可言。

　　遇乱则逃，能避则避，更有投降派从中作梗，给金兵提供便利，乃至山河破碎，生灵涂炭。

修身齐家治国平天下，道理不是不懂，只是浩浩山河，不是谁都可以做主。李清照虽有气节，心存大志，奈何一女子，江山败落，只能跟着朝廷辗转他乡。

建炎二年（1128）春，李清照独自南行。山回路转，陌上花开，若无战事，尚可脱离尘俗，赏这毫无保留的春光。千古兴亡之事，如花开花落，然百年不遇的乱世，她遭逢了。

一路上兵荒马乱，贼盗横行，李清照途经江苏镇江，遇着了强人。贼盗挨个搜身，取尽财物，李清照携带的字画大多被抢走。唯独那幅《赵氏神妙帖》，她机敏巧妙地躲过了搜寻，幸运地保存下来。

神工之妙，凡尘不多，高才之人，世间也稀。故于此两物，一则易存，一则易亡。妙质之物，或惹祸患，终是你来我去，珍惜爱护，故能存身。

才高之人，多生坎坷，不逢时运，故可长时间钻研所学，才气得以久持。若得富贵加身，或累于案牍，或忙于俗世，消了志气，才气也必受其累，失了灵性。

正如赵明诚在《赵氏神妙帖》题跋中所说："此帖章氏子售之京师，予以二百千得之。去年秋，西兵之变，余家所资，荡无遗余，老妻独携此而逃。未几，江外之盗再掠镇江，此帖独存，信其神工妙翰，有物护持也。建炎二年三月十日。"

　　李清照历尽坎坷，跋山涉水，总算抵达了江宁。战火纷飞的年代，夫妻重逢，恍若隔世。惊喜惶恐之余，亦算重新有了依靠，却不能消除彼此心中的感慨悲情。

　　世事无常，不过数月光景，江山皆变。她一路风尘，难掩憔悴之态，几经流离，仍存仓皇之感。这几月，她日夜惊恐，如今与赵明诚相聚执手，方寻得些许安稳。

　　这时的赵明诚，早已是江宁太守，对于他出仕为官，李清照并无喜意。而于这些偏安江南的宋室君臣，终日借酒消愁，她亦觉可悲。眼前的一切，是浮花浪蕊，虚幻而迷离。

　　对坐西窗，挑灯夜谈，自是有诉不尽的风霜冷暖，道不尽的阴晴圆缺。提及青州兵变，那场无情的大火，焚毁了他们数年心血，夫妻相拥而泣。

　　半生收藏，尽付灰烬。带至江宁的文物，亦不知可以留存何时。又或是，某一日风云突变，这残余之物，将再次化为乌有。

　　回首当年汴京城携手寻访古籍字画，灯下把玩赏鉴。归来堂满室藏书，分类整理，夫妻赌书泼茶，无限雅趣。原以为可以枕书入梦，茶香盈怀，却不料，世间种种美好，只是擦肩。

　　此时的赵明诚两鬓已生华发，而李清照亦是美人迟暮。说好了，一生给她恩宠，为其遮风挡雨。诺言还在，并非他背信弃约，而是天意难违。

　　老天可以给你一切，又可以摧毁一切。然而，被摧毁的又岂止是山河，还有人的感情，不改的是江南不变的春花春柳，是秦淮画舫的桨声灯影。

　　江宁，亦是旧时的金陵，金粉之都，风流之地。这是一座多灾多难的城，弥漫着无法消散的脂粉气，它本该有王者的霸气，却被温柔俘虏。

　　这是梦里的南国，山清水秀，画廊烟雨，美得让人落泪。曾经多少次，她在书卷里，邂逅了它的旖旎风华，今时于水色光影下，却看见了它柔弱的哀怨。

　　唐人杜牧有诗："烟笼寒水月笼沙，夜泊秦淮近酒家。商女不知亡国恨，隔江犹唱后庭花。"想当年，陈后主沉迷于酒乐生活，误国并丢了江山。陈朝虽亡，但那种靡靡之音却被流传下来，为秦淮歌女传唱。

　　杜牧诗中含有讥讽之意，他不知，这座脂粉之都，因了许多秦淮女子，而有了风骨。多少乱世佳人，比起许多风流雅士、七尺男儿，更有气节。要知道，美人不仅会流泪，还会流血。

水烟生于湖泊，莺燕啼于柳岸。这座城，果真可以避乱，可以疗伤。若非因了战争，逃命而来，李清照今生怕与这座城无缘。

烟雨之地，温婉之所，可以酝酿诗情词境，却无力支撑一个王朝的沧桑。若非山河变故，国破家亡，仅仅只是人生单纯的生老病死，又有何可惧？

与这座城相遇，是人世机缘，更是一场美丽的意外。李清照知道，她在这里，也只是短暂停留。这动荡难安的天下，随时会有更大的破碎。

荒芜乱世，将来之事，何以算得到。守着当下，小院轩窗，庭桂玉树，亦是一种深稳。总有一天，这古老的时代，连同这悠悠世相，都要消逝湮灭。

但人存于世间，自有一种清光，明净了岁月。若春风与秋水，唐诗和宋词，不相负，无悔恨。

卷五

人间天上，
没个人堪寄

踏雪无心

时光无情，却又有一种庄严，让人敬重。人之心境气度，因情势而改变，经历得越多，则越谦逊。

人世有许多忧患悲苦，而且真实，不让人逃脱。只愿做个寻常百姓，种茶植桑，年年耕织，年年丰收。纵外界千般风光，亦无多诱惑，只守着几亩薄田，几间瓦屋，闲散度日。

但历史多灾，岁月多劫，千古兴亡之事，遭逢的皆是众生。帝京的王气，是市井巷陌有的气息，而如画江山，也尽在炊烟人家。

她所经之处，如长廊的一缕清风，又如檐下的一阵落雨，含蓄而飒然。这座城，因她的到来，没落中有了风致，苍凉里添了韵味。

谁的江山不曾是深墙高院，不曾有姹紫嫣红？朱雀桥边，乌衣巷口，旧时王谢风流，随了王朝更迭，而散落民间。多少人，撑着岁月的长篙，于秦淮河畔打捞，那场远去的金陵旧梦。

远处是斜阳古道，萋萋荒草，当下的江宁则细雨微风，云水迷离。南宋的君臣，被这场江南的暖风吹醉，早已无视旧日河山依旧沉陷在缭绕烽烟里。

靖康之耻谁能忘？只是偌大的朝堂，众多将领，竟没有收拾旧河山的豪气。万般早有定数，这出戏已然散场，是他们还没有做好离别的准备。

这看似莺歌燕舞的江宁，实则亦不太平。大金的铁骑没有停止掠夺，他们以征服大宋的河山为目标，策马扬鞭，所向披靡。

赵明诚身为江宁太守，自有制止动乱、维护百姓安康之责任。他整日忙于政务，忧虑国事，再无闲暇醉心于他的金石字画，就连陪李清照看花赏景的时间亦没有。昔日那个意气风发的少年，早已不见影踪。

西楼月满，小窗幽梦，那些吟诗赋词的日子，去了何处？世相荒凉，她的心，对人生不曾有丝毫怠慢。纵山穷水尽，她仍可结庐而居，落魄江湖，依旧风雅翩然。

"烽火连三月，家书抵万金。"想当年，安史之乱，曾经的盛世长安，亦在一夜之间萧索衰败。历史有太多相似的地方，战火连天的日子，所见的是老百姓仓皇奔逃，流离失所。

雨中登高，看旧城古塔，忽略了它们的朝代。世人记得历史上的良臣名将，却不知，那些贩夫走卒，和他们共有一片云天，一样的溪山斜阳，竹林平畴。

我和李清照，相隔千年光阴，都见证了世事沧桑。在古人的笔墨中，找寻有关她的片段，或假或真。又在她的词中，怜惜她的心事，说悲说喜。

这年冬天，李清照因战事不定，而烦闷忧惧。赵明诚空有太守之职，于这动荡之时，万事只觉力不从心。懦弱的宋高宗，经不起一点风吹草动，随时做好南迁的准备。

尽管如此，李清照骨子里的诗人气质，不改从前。江宁雪落，万物洁白，华丽的城墙，俨然没有经受一丝伤害。这喜欢白雪寒梅的女子，怎能辜负造物美意？她生了诗情，戴笠披蓑，循城觅诗。

宋代学者周辉《清波杂志》卷八有载："顷见易安族人言：明诚在建康日，易安每值天大雪，即顶笠披蓑，循城远览以寻诗，得句必邀其夫赓和，明诚每苦之也。"

飘飘雪落，玉树琼枝，旧日的江宁，该是壮美如画。那时的李清照，年过四十，曾经的佳人，已然半老。但她风情不减，戴着斗笠，披着蓑衣，走在平平仄仄的宋朝风华里。

南朝多少事，抵不过她的一卷词。这飘摇不定的日子，藏了太多的心绪，所有感触只能付诸笔墨。文能寄情，可达意，若风景中没有历史，没有故事，又怎能深邃，打动人心？

那时期，李清照写的诗，到今天已经散失。留下几个断句，亦是心情所寄，后人读来，只是赏玩。

她每得雅句，必邀赵明诚吟和。观雪赏梅，煮酒论诗，本为文人雅事。但当下浊浪激流，多少人，可以独守清安，仍自平静。

《诗说隽永》记载，有句"南渡衣冠少王导，北来消息欠刘琨"，还有句"南来尚怯吴江冷，北狩应悲易水寒"。

李清照为北方沦陷深感悲愤，对于偏安的南宋朝廷，甚觉不满。她期盼有王导这般英雄人物出现，力挽狂澜，风云再起。如今王朝衰落，却没有刘琨那样的能士，可恢复河山。

西晋八王之乱和永嘉之祸时，当年境况，与这时相似。北方大片土地在内乱后，陷落他人之手，五胡乱华时代，逐渐开始。一时间山河破碎，社稷沉沦。大量的汉人遭戮，北方士族纷纷南渡，以避祸乱。渡江南去的，占十之六七，史称"衣冠渡江"。

王导便是其中之一，亦为主要人物。他曾劝司马睿招贤纳士，并一起稳固了东晋政权。他有句名言："当共勠力王室，克服神州，何至作楚囚相对泣邪！"尽管最后也成了虚言浮辞，但比起南宋偏安之境，则好太多。

而刘琨镇守并州，与诸多少数民族周旋，颇有成果。在李清照心中，南宋正缺少这种智勇双全的将领。

家国已破，万种豪情，一腔热血，都是徒劳。观赏闲游，品酒赋诗，也无多少兴致。人间春色，花开数枝，年年赏花人不同罢了。

平生所爱，是那一窗絮雪，满院梅花。当年在归来堂，亲手植数株寒梅，后被大火焚毁，她逃亡弃之。那无人修葺的房舍，想必已是断垣残壁，败落之景，不忍思忆。

江宁虽好，风流俊逸，于这，她是他乡之客。若非这场战乱，此刻的她，该在归来堂，踏雪寻梅。屋里茶烟袅袅，案上梅香缭绕，她心事缱绻，才思如涌。

如今飞雪依旧，梅花清绝，不因时改，不为境移。她不再是那缕清雅的春风，也不是雪后的那剪梅开，她的心，自南渡以后，愈发苍凉沉郁。

那日，她百无聊赖，提笔写下一首《临江仙》，词中之境，如诉其心。

庭院深深深几许？云窗雾阁常扃。柳梢梅萼渐分明。春归秣陵树，人客建安城。

感月吟风多少事，如今老去无成。谁怜憔悴更凋零。灯花空结蕊，离别共伤情。

"灯花空结蕊，离别共伤情。"幼时读这首词，只当是闺怨。一代才女，居深深庭院，感月吟风，相思成疾，容颜日渐憔悴。每日守着云窗雾阁，看柳梢梅萼，空负了锦绣妙年。

知道了这段宋朝历史，再去读词，则超越了个人悲愁。我喜历史的沧桑，厚重如古玉，耐人寻味。却又害怕碰触内心的柔软，怕解说人事兴亡。每每读到古道残阳，斑驳墙院，冷落秋风，皆要掩泣。

历史是一段往事，是朝代的记忆，也是人所停留的驿所。有时想着，那浩荡的时空里，曾居住过贤君名相、樵子桑女，有过鸟兽虫鱼、流云清风，都会心生温柔与感动。

人世间真是物物有情啊，任时光糊涂，河山冷漠，但总有许多微妙的细节，让我喜之不尽。一树梅花，一炉熏香，乃至一片叶落，皆真实得如泣如诉。

白雪红梅，如调琴瑟，多么美好的事物，为诗人钟爱，被词客所赏。但她忧于时势，愁绪满怀，词里婉转倾诉的，不再是她一个人的悲叹，而是那个时代万千臣民的心情。

我深切体会她之所思，亦是惊动，生出敬畏。大灾大难过后，世界该是一片寂静。那无人游赏的河畔，无人采摘的梅花，干净得不晓忧念。也是，烽火连天，王朝变迁，与它们何干？

恰如这女子，你看她两鬓霜华，晚风暮色，但仍旧端庄雅致。她敛眉挥笔，似一场美丽的花雨。世事经历多了，也就不会过于在意，故她心中有悲歌慨然，文辞却没有扰乱。

我与她不同，世事随缘喜乐。不是不争，不是不惧，只是人生如逆旅，我早已学会了宛转柔和。纵有诸多不宜，当知万物相逢皆有机缘，又怎可视若不见，傲慢无礼。

那一年，雪落无声，梅花开得难舍难收。那一年，她还在人世历劫，不知明日聚散。

丢城弃甲

《诗经》有云："死生契阔，与子成说。执子之手，与子偕老。"多么美好的诗，一如爱情，一如诺言。

三千年前，蒹葭苍苍的河岸，有位佳人，在水一方。她空灵曼妙，飘然若仙，让人心生爱慕。他锲而不舍地往来寻找，只为换取她的一个回眸。

自古情爱，令人黯然神伤。它轻浮又深沉，在佛经里是尘劫，在诗里是恋慕，落在词里又为缠绵。

乱世荒年，莫说名利富贵，连爱情都动荡不安。她在江宁的日子，不缺诗酒风月，不忘金石字画，但登临城墙，寻访古迹，看暮霭炊烟，落日楼台，总不免伤怀。

赵明诚虽忙于政事，每天却会给她一盏闲茶的时光，她也欢喜知足。她的爱，似落雪白梅，洁白无瑕。

想当年，他的世界也曾蜂喧蝶舞，她深晓人世知心难求，亦从容接受。数十载的陪伴，分分合合，来来去去，她的生命里也只有一个赵明诚。

若非他懦弱弃城，丢下江宁百姓，丢下她，她亦不会心灰意冷。对这个男子，从相识到相知相守，她都是称心的。纵有些许缺憾，亦是忽略不计。

春寒料峭，万物半梦半醒。李清照每日炉火中温着酒，这清寒天气，唯酒可以消闷释怀。

南宋王朝的君臣也是握着手中的杯盏，浑浑噩噩荒唐度日。他们不知道，哪一天，当下拥有的一切，又会在顷刻间破碎。被伤过的心，总是那么脆弱无助。

果然，御营统制官王亦准备利用江宁知府调动间隙，在江宁城内起兵作乱。此事被江东转运副使李谟察觉，并及时告知赵明诚，寻商对策。

然赵明诚接到调任湖州太守的诏令，故并未将此事放于心上，亦没有采取任何应对措施。李谟深知军情险急，于是未雨绸缪，自行布阵，以防不测。

是夜，王亦纵火为号，起兵谋反，试图肆意烧杀抢掠。好在李谟早有防备，成功击败王亦，制止了这场叛乱。

拂晓，李谟匆匆前去给赵明诚汇报平叛详情。竟不知赵明诚与通判府事朝散郎毋丘绛、观察推官汤允恭，于夜间趁兵乱之际，从城楼悬下绳索，弃城而去。如此劣迹，史称"缒城宵遁"。

自古天地有成有败，成者得意，败者谦逊，倒也无妨。然他未战而逃，于月黑风高日，不顾全城百姓，丢下相濡以沫的妻。此番作为，为世人不齿。

若当日叛军攻了城池，那满城百姓，谁来保护？陪伴他浮沉数载的李清照，又该何处躲藏？这个怯懦的男子，一生痴迷金石字画，辗转风花雪月，早失去了一腔正气，一身傲骨。

他仓促弃城，让李清照心灰意冷。在她眼中，他虽是文弱书生，却不失气节。虽做不到力挽狂澜，亦不至于丢城弃甲。

想来，大宋河山会如此不堪一击，皆因了这些软弱无能的君臣。若他们放下手中的杯盏，金戈铁马，纵横沙场，天下或许会是另一番境况。

多少巾帼不让须眉，李清照的爱国之心，胜过赵明诚。柳如是的风骨，钱谦益也汗颜。而李香君血溅桃花扇，让亡命天涯的侯方域，亦羞愧得无处躲藏。

情到深处情转薄，若无太多期许，今时亦不会这般失望。事已至此，怪怨只是徒劳，她不说，他心存歉意，错误已不可挽回。

因为缒城宵遁之事，赵明诚被罢了官，原本要调任湖州太守，也就作罢。一时间，江宁城有了许多闲言碎语，嘲讽讥笑。但战乱未息，人心惶惶，这些流言，若粉尘一般，转瞬飘散。

不可畏惧，亦无所畏惧。人间无处不纷扰，梦里向往的林泉，还在遥远的地方。这个春天，来得有些迟，微微凉意，却刻骨难忘。

三月三日，为传统的上巳节。这天，古人会宴饮、游玩、踏青。《宋书》引《韩诗》："郑国之俗，三月上巳，之溱洧两水之上，招魂续魄。秉兰草，拂不祥。"

杜甫有诗："三月三日天气新，长安水边多丽人。"说的是旧时长安水边的曼妙之景。这一日，文人雅士、清丽佳人携手踏青，饮酒清谈。或为一场花事，或为一个约定，或仅仅只是出门晾晒清冷的心情。

这时的秦淮河畔，嫩柳新芽，春波潋滟。江南是这般富庶锦绣，倘若金国战马不踏足这片净土，那么南宋王朝守着这半壁江山，也没有什么不好。

风景千姿，世情百态，多少无理的争夺，习惯便好。任凭岁月荏苒，李清照诗心还在，她的文采，恰如河畔的春风，吹之不尽。

这日，李清照召集亲族聚会饮宴，心有感触，写下一阕《蝶恋花·上巳召亲族》，记述一段心情。

> 永夜恹恹欢意少，空梦当时，认取长安道。为报今年春色好，花光月影宜相照。
> 随意杯盘虽草草，酒美梅酸，恰称人怀抱。醉莫插花花莫笑，可怜春似人将老。

一个美丽的春光月夜，宴席散去，她却心事恹恹，毫无欢意。几番辗转，所梦的，依旧是汴京的宫阙城池，水色山光。

江南繁花月影，美酒佳肴，一切恰到好处，雅致风流。她本该如南宋的君臣一样，偏安于此，迷醉这里的风物。可她内心始终激荡不已，当下纷乱的政局，如何能安？

醉里插花，不过是强作欢颜。欧阳修《洛阳牡丹记风俗记》："洛阳之俗，大抵好花。春时，城中无贵贱皆插花。"想那城中，每逢春来，皆遍插鲜花，饮酒尝鲜。然三春易逝，红颜已老，家国不再，前庭的花，后院的竹，不过是幻景。

人生无不散之筵席，赵明诚此次被罢官，心中也再无意于仕途。江宁亦非久留之地，他们需寻一静谧之处，重新打理心情，安身立命。

风雨乱世，时局不可逆转，能做的便是避而远之。只是苍茫人世，何处才有陶潜笔下的世外桃源，可避灾躲祸，得一世安宁？

《金石录后序》有记："建炎戊申秋九月，侯起复知建康府。己酉春三月罢，具舟上芜湖，入姑孰，将卜居赣水上。夏五月，至池阳，被旨知湖州，过阙上殿，遂驻家池阳，独赴召。"

这个春天，百花纷纷争放，而他们又开始仓促奔走。远山逶迤，流水淙淙，那遥远的路亭，又将会邂逅怎样的风景，遭遇怎样的灾劫？

"落霞与孤鹜齐飞，秋水共长天一色。"赣水之滨，那里的日月山川，会不会是另一种悠远明净的景象。

来不及与江宁的草木作别，便已登上远行的船只。晚霞如画，世事沧海，他们携带了大量的金石文物，于江水之上，慢慢漂流。

过芜湖，途经乌江，李清照写下："生当作人杰，死亦为鬼雄。至今思项羽，不肯过江东。"

曾经那个词风婉约的女子，有了如此舍生忘死之气概，令天地为之惊心，鬼神为之改色，奸佞为之却步。

当年项羽兵败垓下，逃至乌江，乌江亭长劝他渡江，回到江东之地，重整旗鼓，以图霸业。项羽却觉无颜重见江东父老，回身苦战，杀敌数百，终拔剑自刎。

不肯过江东。他不迟疑，不退步，不逃避，此等英雄，令李清照心生敬畏。而大宋的君臣，先是割地求和，后又偏安江南，如此软弱，令其愤慨交加。

至于那个曾经与她苦乐相随之人，弃城逃逸，更令她无言以对。想来人世无成无败，无可有，无不可有，这种种恩怨悲欢，到底是要解脱的。

江山已改，志士犹在。多少南宋名将，如岳飞、韩世忠、宗泽等人，仍怀悲愤之情、报国之心，愿挥师北伐，收拾旧日河山。

若有男儿之身，李清照定会如岳飞般，拔剑起舞，奋力御敌。奈何，岳飞这样骁勇善战、精忠报国的名将，亦被人以"莫须有"的罪名，害死在风波亭，成为千古之叹。

　　天地间，熙熙攘攘，前路渺茫。只是，硝烟过处，万里江山，空无一物。平畴远山，樵夫在耕作；闲庭风日，凡妇在织布。谁还记得，他人曾经有过的成败荣辱。

故人远去

午后，静坐冬阳下，温暖中仍存清冷。

时觉光阴流动，一寸一寸，在尘间游走。苦乐年华，悲喜交织，皆随之散去，寂然无声。

堂前兰草欣欣，窗外落叶满径。当下之景，悠悠荡荡，清淡里有一种妙趣，难以言说。那是遗世独立的宁静，也是细水长流的感动。

世间的深稳，莫过于巷陌庭院里的小户人家，茶烟日色，素衣粗食。无闲情雅趣，却也无执念怨恨。

紫陌红尘处处都是好景致，都有门庭院落。可他们分明漂泊在人海，暮雪千山，烟波浩渺，不知何处是归隐之所。

途中尽是江南风物，山水明媚，若不是逢硝烟战乱，于风雨中走上一程，亦是好的。天地无穷，光阴无尽，世事虽几经变幻，伴随他们的文物，亦曾经历过王朝迁徙，如今仍自安然无恙。

山水迢递，所见的虽是陌生的事物，但竹林桑园，流水炊烟，却大抵相同。每行至一处，皆有历史的韵味，想到千古江山，王侯将相，百姓平民，当下的忧患也不觉可惧。

斜阳古墓，也曾是人烟鼎沸处，号角声声，两军对垒，后来竟成了遗址，供人游览。歌舞升平之地，或已成桃林田畈，荣华过后，一切如常。

建炎三年（1129）二月，金兵奔袭扬州，宋高宗戎装出行，狼狈渡江。先到瓜洲（今江苏扬州南郊），后经镇江府到临安。金人占领了扬州，并火烧扬州城，一时间，整座城池，哀鸿遍野，浮尸满地。

宋高宗抵达临安，迫于舆论压力，他罢免了汪伯彦、黄潜善等人。待五月，时局稍缓，方离开临安，到江宁，驻跸神霄宫，并将江宁府改为建康府，有诏云："建康之地，古称名都。"

不久后，宋高宗下诏命赵明诚任湖州太守，并让他立即前往建康觐见。他们隐居赣水之滨的心愿，如今因宋高宗的一道诏令，将永远不能兑现。

　　赵明诚罢官，又复太守之职，并非他才能卓越，亦非他功绩卓著，而是金兵步步相逼，朝廷风雨飘摇，朝堂之上有用将才屈指可数。

　　宋高宗尚且逃命天涯，居无定所，罢免谁，留用谁，全凭他一句话。赵明诚也是一路追随君王来到江南，况他两位兄长在朝廷身居要职，重任太守之位，亦属寻常。

　　仕途之路，变幻莫测，重新任职，实非他所愿。然君命不可违抗，赵明诚只好结束当下的行程，即刻前去面圣，再赴任湖州。

　　原本是想携着老妻和满船的文物，去赣水之滨，寻个小庭旧院，与金石为伴，再不入红尘烟火。可兵荒马乱的时代，纵贵为天子，也无法自主，更何况他们。

　　《金石录后序》记载："六月十三日，始负担，舍舟坐岸上，葛衣岸巾，精神如虎，目光烂烂射人，望舟中告别。余意甚恶，呼曰：'如传闻城中缓急，奈何？'戟手遥应曰：'从众。必不得已，先弃辎重，次衣被，次书册卷轴，次古器；独所谓宗器者，可自负抱，与身俱存亡，勿忘也。'遂驰马去。"

　　他们在池阳（今安徽贵池）作别，一切来得那么仓促，竟无别离之伤。这些年，离别已作寻常，或几月，或几载，都有重圆之日。故此番离去，亦不觉悲伤，仿佛不过是厅堂和窗下的距离，并未走远。

临走时，李清照问赵明诚，倘若发生变故，该怎么办。赵明诚告知，一切从众，若迫不得已，则先弃辎重，再丢衣被，而后再舍书册卷轴，最后才舍古器。但宗器务必要随身携带，人在物存，不可忘。

他这番认真托付，她怎能不依。他自是策马疾驰，匆然离去。留她独自暂宿池阳，于这陌生之地，守着千百卷古籍，茫然无措。

都道来日方长，可谁知，世事无常。她宁愿这场等待没有尽头，静守于此，不问春秋，不问归期。

人世的生离死别是这样的真，让她措手不及。他一个转身，似烟花，若残雪，便再也回不来了。花之将谢，人之将死，方知寸阴如金。那漫长悠远的岁月，亦会在某一日，瞬息停驻，无可防备。

她记录："途中奔驰，冒大暑，感疾，至行在，病痁。七月末，书报卧病。余惊怛，念侯性素急，奈何！病痁或热，必服寒药，疾可忧。遂解舟下，一日夜行三百里。比至，果大服柴胡、黄芩药，疟且痢，病危在膏肓。余悲泣，仓皇不忍问后事。八月十八日，遂不起。取笔作诗，绝笔而终，殊无分香卖履之意。"

简短的几段文字，道尽了赵明诚去世的前因后果。那年七月，李清照接到赵明诚的书信，她有预感，并非好事。

因皇帝急召，赵明诚一路纵马奔驰，加之他遭遇大暑，患了疟疾。如今于建康城的病榻上，等待她的到来。

疟疾本不算大病，只是或冷或热，令人烦厌。若病情不重，便不会危及性命。怎知赵明诚急求康复，自行服用了柴胡、黄芩等药，导致病情转危，已是膏肓。

李清照读罢书信，忧心忡忡。当即乘舟启程，幸而有好风相助，一日夜行三百里，赶至建康。

夫妻相见，泪眼迷离，这等境况，焉能不伤悲。多年的恩爱情深，有过隔阂、有过疏离甚至有过争吵，多少裂痕都可以不计较，当下，她只要他身体安康，福寿双全。

生命很脆弱，似蝼蚁，若秋叶，只需一瞬，便化作尘泥。或因小病，或因药物相克，不消几日，人鬼殊途。

人来到世间，路途漫漫，不知尽头。人去之时，忽如雨至，太匆匆。一朝离去，或为永别，纵有千言万语，再无人说。或恩或怨，或荣或辱，皆为幻梦。

赵明诚虚弱之身，恍若冬日残荷。他的目光，依然清澈，但已没了往日精神。霜雪爬满的双鬓，依稀可见当年风华。那个痴迷金石、能诗善画的男子，那个与她赌书泼茶的男子，再不能陪她徜徉红尘，漫步今生。

此后半月，李清照于病榻前端茶递药，嘘寒问暖。但他已气若游丝，纵华佗再世，也无可逆转了。

八月十八日，赵明诚带着满腹悲愁，抑郁离去。没有分香卖履之嘱，没来得及安顿侍妾，静静地走了。

他让李清照取了纸笔，放于枕侧，挣扎着虚弱的身子，写下绝笔。写罢，笔落枕旁，斯人离世。或随白驹，或乘仙鹤，自是辞别这人世万水千山，飘然远去。

"取笔作诗，绝笔而终"。他放不下的，是他尚未完成的《金石录》，是那些他耗尽青春、倾注心血求来的文物典藏。

他曾是汴京风流倜傥的少年，如今客死他乡，亦不过将此身交还给天地，有甚可憾？离开这个乱世，在另一个世界里，或许会有他想要的清平。

他该是宋朝的一个学者，而不是一个没有多少作为的官员。然而，让世人铭记的，则是词女之夫。他活着的时候，不能改变一事一物，离去之时，亦带不走一草一木。

世间并没有多少人记得他。若有，大概也是因千古才女李清照吧。他们也曾花前月下，小楼厮守，说过地老天荒，情长一世，但他终不能守诺。

人最多情，也最无情。他把她留在尘世，让她独自收拾这残缺的岁月。从此，一个人，江湖风雨，漂泊无依。原以为，他是归人，却也只是个过客。

这座古城，灯火灿然，花木繁盛，有着无上尊荣，也背负了太多厚重苍凉。岁月无情，她的世界，唯留寂寞与凄清。

他离去后，自此再无音讯。多少个夜晚，她焚香研墨，待他推窗入梦而来。这突如其来的变故，让她形神俱疲，多年奔走亡命，都没有像此次这般绝望过。

人世再无至爱，她以后该是悄然凋谢了吧。一个人，过了多少时日记不清，风弄影动光阴移，她还在悲伤里，难以自拔。

那日，她填下一首《孤雁儿》，借梅抒怀，实则是悼亡之音。其序为：世人作梅词，下笔便俗。予试作一篇，乃知前言不妄耳。此序何其狂哉，世上唯有易安敢言此！

藤床纸帐朝眠起。说不尽，无佳思。沉香烟断玉炉寒，伴我情怀如水。笛声三弄，梅心惊破，多少春情意。

　　小风疏雨潇潇地，又催下千行泪。吹箫一去玉楼空，肠断与谁同倚？一枝折得，人间天上，没个人堪寄。

细雨春寒，让人心思倦，再无情趣。眼前的景致，当下的风物，没有可畅谈之人。如此伤怀哀悼，箫声萦绕，却无余韵。折罢梅枝，人间天上，寄往何处，寄与谁人？

有时，天下的纷乱，不及一个小女子的悲伤。春雨瓦屋，庭梅纸窗，搁下笔，她泪如雨落，倾动山河。

梧桐待老

宋人贺铸有词："重过阊门万事非，同来何事不同归。梧桐半死清霜后，头白鸳鸯失伴飞。"每读此句，总是心生伤感，潸然泪下。

人世能割情断爱的，也只有生死。本该携手天涯，静守天荒，谁承望，一个转身，再无重逢之日。

"黯然销魂者，唯别而已矣！"千古伤怀，莫过死别。东坡悼念亡妻："十年生死两茫茫，不思量，自难忘。千里孤坟，无处话凄凉。"元稹写："同穴窅冥何所望，他生缘会更难期。"

沈约说："万事无不尽，徒令存者伤。"而今她是："赌书消得泼茶香，当时只道是寻常。"

经历了乱世，她的世界已是一片荒芜。记忆仍在，汴京城的欢声笑语犹在耳畔盘桓，归来堂的对酒赋词还历历在目。

他为她理妆，画眉，描唇；为她研墨铺纸。归来堂前，春风无限，绿纱窗外，细雨缠绵。

他不是英雄豪杰，只是一个谦卑学者，爱好字画。世间喧闹，江山起落，他并不那么在意。

她则是画中的寒梅，一旁有太湖石或翠竹相配。想来赵明诚便是那石、那竹，陪她走了一段红尘路，便提前离开了。

佛经里的生老病死、爱恨离愁，皆有因果，都合情合理。今时他离去，是缘尽。冷月如钩，繁星依旧，他该是做了一枚星子，以另一种方式相随相伴。寂夜时，或有魂梦归来，与她在厢房清坐，共饮禅茶。

她为梅，虽历尽沧桑，虬枝冷落，仍花香蕊静，秀逸安详。她心虽豁达明慧，但鸳鸯失伴，伤悲难免，几番哭泣，叫人心疼。

那日细雨，赵明诚下葬，乱世荒年，也不过是天地山冈，多了一座新坟。朝廷并不会因为他的离去而改变什么，世事难料，谁也不是谁永久的依靠，谁也给不了谁一世安稳。

李清照强忍悲痛，写下《祭赵湖州文》，"白日正中，叹庞翁之机捷；坚城自堕，怜杞妇之悲深。"万般心事，无言可表，唯寄文字，哀悼那场刻骨亦庄严的爱情。

宋代释道原《景德传灯录》，庞蕴居士，"将入灭，令女灵照出，视日早晚，及午以报。女遂报曰：'日已中矣，而有蚀也。'居士出户观次，灵照即登父坐，合掌坐亡。居士笑曰：'我女锋捷矣。'于是更延七日（而亡）。"

居士庞蕴寂灭之前，让其女灵照出去探看时辰。女儿回来答道，这时正中午，有日食。庞蕴出门观看，回来见女儿灵照已在他的座位上，合掌坐化了。庞蕴七日后，方才往生。

刘向《说苑·善说》载："昔华舟杞梁战而死，其妻悲之，向城而哭，隅为之崩，城为之阤。"

杞梁战死，其妻悲恸欲绝，向城哭泣，竟将城池哭倒。清照用这两个典故，一言赵明诚身亡，竟先于己；二言所悲之深，亦非寻常。

红尘滚滚，无所恋，亦无可恋。那先去之人，早早勘破生死玄机，留下她，孤枕寒夜，听细雨润梧桐，直到天明。

"料也觉、人间无味。"这无味的人间，也还是要挨过去的。始知，还有华枝满春，有天心月圆，有夏日清凉的荷风，有冬夜暖炉上的热茶。有这许多微妙的情景，再多的委屈与怅惘，亦可释然。

夫妻是姻缘天定，千万个人中，那少年是她的夫，这女子是他的妻。夫在，她万千心事，尚有所寄；夫亡，她此去天涯，再无故人。

这时的李清照，是寄于檐下的花枝，沾了夜露，又被风寒欺。加之悲到深处，忧思难忘，终是大病一场。

命运究竟是什么？这般捉摸不定，不可更改，难以抵抗。数十年来，她待他尽心尽意，夫妻一场，当无悔无憾。

想当年东坡被贬，朝云患难相随，她虽是侍妾，却伴之风雨浮沉。她本是西子湖畔歌舞明媚的女子，貌美聪慧，爱他高才雅量，为他煮饭烧茶，情深意切。

后朝云病死惠州，东坡万般哀伤，为其写下伤心词句。并亲手写下楹联："不合时宜，惟有朝云能识我；独弹古调，每逢暮雨倍思卿。"

如今赵明诚死，建康成了他孤寂长眠之地。将来，李清照之荒冢，又将落于何处？世间，还有谁为她写下一段词，几句碎语？到那时，三生石畔，又是否还能与他相逢？

人之力量微薄，任你王侯将相，或是花容月貌，也终走不出生死。

无论身处哪个朝代，都有其不可忽视的妙意和皎洁。纵落毁灭，也不觉悲，毕竟曾与时代的一切，有过朝夕相见的缘分。

若相守，有过亏欠，离去，或是解脱。他自是做了天上皎洁的月，她仍是红尘娇艳的花。造物主无情，给了他们佳节良辰，今时皆要了回去。两情相悦，终成错过。

卧病在床，无人端汤递药，无人铺纸抄经。她跋涉的山水，穿过的荆棘丛，远胜常人。庭园的花木，都曾泪眼相寄，当下之境，该是凄惨破落。她虽如秋花，却还是保持端正，怕牵愁惹恨，惊动了风月。

又不知经过几度月圆月缺，院里的菊花，一如人之情感，不敢轻言爱恨，妄动悲欢。窗外的天，辽阔无云，像远去的江山，虽是败了，却这样干净。

到底不是太平之世，战乱还在，烽火硝烟弥漫了天地。如今赵明诚死，留她在建康城，何以安放。心中怨苦，所托的，还是一阕清词。

这个深秋，她移情于物，借古寄怀，写下一首《鹧鸪天》。

> 寒日萧萧上锁窗，梧桐应恨夜来霜。酒阑更喜团茶苦，梦断偏宜瑞脑香。
> 秋已尽，日犹长，仲宣怀远更凄凉。不如随分尊前醉，莫

负东篱菊蕊黄。

秋光冷清，照在锁窗上，草木摇落，似在诉说她的心事。酒后醒茶，梦醒闻香，形单影只，让光阴更觉漫长。故国何在，若非乱世无定，她亦不会流离他乡，落此凄凉之境。

晋时陶潜，采菊东篱，悠然南山，何等境界。她亦想借杯盏的酒，醉了忘忧，不负篱院里娴静盛放的霜菊。此时的她，只是墙角边遗落的一株花草，未曾临风绽开，便行将凋零。

病愈后，她登高远眺，看乱山平野，落日风烟。万物皆在，唯山河换主，家破人亡。归来，填罢一首《忆秦娥》，几多秋色，几多寂寞，唯有自知。

临高阁。乱山平野烟光薄。烟光薄。栖鸦归后，暮天闻角。
断香残酒情怀恶。西风催衬梧桐落。梧桐落。又还秋色，
又还寂寞。

词境如心境，风景若情景，万物似飘尘，但都有归处。独她清洁如莲花，竟不知在何地可以安身立命。她本不信时运流年，可这接踵而来的灾劫，让她深盼日子回归平静，纷乱消止。

或许，她的世界，再不见春日的艳阳，丝竹之妙乐。曾经，她少女

心事，浪漫无邪，或泛舟采莲，或街市嬉戏，毫无保留。如今，她秋水迟暮，悲苦凄清，或饮酒消愁，或借景伤离，也无遮掩。

"梧桐相待老，鸳鸯会双死。波澜誓不起，妾心古井水。"自古情爱之诗，断肠之句，早被先人写尽。人世间的爱怨情仇，大抵相同。高山流水，总有那么一个知音，让你不要自己，不要选择，守着残缺的回忆，慢慢老去。

万叶落尽的时刻，才知道，人生真的有永别。当年繁盛，且珍惜着相守的情意，一旦萎落，亦可不悔。

夜色深浓，似这离愁，有千钧之重。花影幽静，凉风游走，当下的一切，是这样真实。只一个瞬间，我从原本沉重的文字中走出，如诗经之句，婉兮清扬。

残山剩水

　　佛说，万般皆苦，聚是苦，离是苦；得是苦，失也是苦。佛也说，万般自在，随缘喜乐。

　　自古英雄豪杰，并非都出于世家，美人绝色，也并非皆来自名门。始觉有悟性聪慧的女子，皆是佛前的莲，为历劫而流落红尘。她奔走阡陌，古道逃亡，也不过是敷衍世情，活出自己的境界。

　　大病初愈的李清照，虽虚弱瘦削，仍要寻思一个去处。流水汤汤，日色湛湛，天下一片纷乱，又寂然若水，仿佛从未有过战乱，亦未有过兴废。

　　彼时个个遭逢大难，帝王亦如飘蓬，不知所归。皇上散尽后宫嫔妃，多少红颜粉黛，仓促地收拾行囊，天涯亡命。暮色里的闾阎炊烟，让人生出一种归意，却又无处寄身。

　　听说长江要禁渡，李清照忧心池阳的文物，尚有书两万卷，金石拓本两千卷，以及器皿、茵褥等。念及赵明诚一生心血，为保文物周全，她踏上了返回池阳的船只。

　　与这座满是伤痕的名城古都作别，她心悲戚，难免怅然。沿途的山水与来时无异，只因季节变化，更改了容颜。江涛翻涌，似有愤慨之意，她却心思简明，柔顺谦逊。

　　船至池阳，斜阳如金。薄暮灯火，桌上简单的菜肴，只觉亲和深稳。若是生于这寻常的小户人家，或许她的人生，会是另一种景象。

　　月色澄澈，照影惊心，若不念过往，不惧将来，守着当下的纸窗瓦屋，也是感激。然对着万卷藏书，诸多文物，她苦思寄处。若可，她愿将一世的修行，换取它们的安稳。

　　念及赵明诚有一妹夫李擢，在洪州（今江西南昌）任兵部侍郎，掌管兵权。洪州尚未被战火影响，若将文物运送他处，或是妥帖。李清照便遣了两位故吏，雇了船只，将所剩文物器皿，运往洪州，投靠彼处。

　　却不料，天有不测风云，事与愿违。冬十二月，金兵攻陷了洪州。因战事吃紧，李擢无力携带众多文物，后尽数毁于战火，荡然无存。

　　《金石录后序》记载："所谓连舻渡江之书，又散为云烟矣。独余少轻小卷轴书帖，写本李、杜、韩、柳集，世说、盐铁论、汉唐石刻副本数十轴，三代鼎鼐十数事，南唐写本书数箧。偶病中把玩，搬在卧内者，岿然独存。"

昔日的秦皇汉武，王谢风流，在战火中散作云烟。读历史让人清醒通透，人生或有枝繁叶茂，也有残山剩水，如月满月缺，都要从容接受。

半世心血，存留无几，而她也是佳人近老，鸳鸯独宿。文物虽是贵重，却抵不过赵明诚托付于她的情意。千般爱惜，依旧逃不过这场浩劫，她已尽力，他何以怪怨。

汉唐石刻，南唐写本，她于病中闲时把玩，入了历史，荒芜深处有一种静美。她为人本是大气磊落的，对物的私情，皆因骨子里的喜爱。但凡好的事物，或金石字画，或庭园花木，都有禅境。如今历了浩劫，销毁殆尽，未尝不是解脱。

于万物，她不曾辜负，当下际遇，她也顺从。只是，人生之路迢遥，风雨还在前方。这让人爱惜的文物，有灵有情，却也给人带来负累，添了磨难。

"先侯疾亟时，有张飞卿学士，携玉壶过视侯，便携去，其实珉也。不知何人传道，遂妄言有'颁金'之语，或传亦有密论列者。余大惶怖，不敢言，亦不敢遂已，尽将家中所有铜器等物，欲赴外廷投进。"

赵明诚在时，有位叫张飞卿的学士，带了玉壶去探望他。那时赵明诚病重，不便见客，张飞卿便带走了。这玉壶乃是用一块似玉的石头雕成。

后来，竟然生了传闻，妄言赵张二人要将此物进献给金人。更传言，有人暗中上表，要检举和弹劾。因事涉通敌之嫌，李清照自是惶恐万分。若罪名成立，不仅残剩的文物被查抄，还会有性命之忧。

李清照和赵明诚多年收藏的文物，经过青州和洪州两场浩劫，剩下的已是屈指可数。但仍有许多人觊觎她的藏物，并不是对物有什么深情，而是在乎其价值。

她再不是当年太守之妻，有高墙栖身，不被人攀折。今孤身一人，携着残存的文物，东躲西藏，无处可托。与其被物所缚，莫如就此舍弃，换个自在心安。

于是，李清照收拾了现有的文物，打算将之尽数献给朝廷，以避其祸，为求安稳。可那时的皇帝，自顾不暇，为逃避金兵追杀，奔走于江南各地。李清照则随了宋高宗之萍踪，辗转漂流，居无定所。

"上江既不可往，又虏势叵测，有弟远任敕局删定官，遂往依之。

到台，台守已遁。之剡，出陆，又弃衣被，走黄岩，雇舟入海，奔行朝，时驻跸章安。从御舟海道之温，又之越。庚戌十二月，放散百官，遂之衢。绍兴辛亥春三月，复赴越。壬子，又赴杭。"

短短数语，难以道尽李清照几载飘蓬之苦楚。一个柔弱女子，带着文物，行路缓缓，怕追兵，又怕流寇。她就这样沿着宋高宗的逃亡之路，狼狈追随。

一个人，风雨之旅，吉凶未卜，祸福难料。曾经引以为傲、珍藏深爱的文物，如今却成了前行的羁绊。可见，于人于物，皆不可过执，情之深，则负之深。

若明达透彻，则对人清淡，不轻易动心，对物平和，不占为己有。也许可以免去许多挂碍，减少无理的纠缠。

李清照就这样载着重物，紧追宋高宗，仓皇之态，可想而知。旧时皇权至高无上，时势虽乱，李清照却不敢携文物，隐居山林。

普天之下，皆是王土。天地苍茫，江水澄澈，王者虽败，这天下仍有其礼制。于朝政，她怎敢不谨慎恭敬，稍有闪失，便是物毁人亡。

此时谁还有闲情，静坐下来，听当年名动京师的词女弹一曲清音。又有谁，欣赏她的词，倾诉一段婉转心事。

几番周折，李清照来到了台州。彼时，台州太守已弃城逃跑，她便到了剡县（今浙江嵊州）。后丢掉衣服、被褥等物，急奔黄岩，雇船入海，一路追随逃亡中的朝廷。

后由海道到温州（今属浙江），再往越州（今浙江绍兴），一路风餐露宿，狼狈不堪。御舟轻快，她如何都追不上高宗的步履。十二月，高宗遣散郎官以下的官吏。清照到了衢州。第二年春天，到越州；后又到杭州。

李清照知道一路凶险，不敢把诸多文物留在身侧，之前便寄放在了剡县。后来，官军搜捕叛逃士兵，文物丢失了。她听闻，那些她惜之如命的文物，尽数落入一位李姓将军之手。

"所谓岿然独存者，无虑十去五六矣。惟有书画砚墨可五七簏，更不忍置他所，常在卧塌下，手自开阖。"

然就是这残存的卷本，有一日，亦要与之诀别。世事难料，风飞花坠，无处问前程。

李清照奔走于明州（今浙江宁波）、温州等地时，写下了一首《渔家傲》。

天接云涛连晓雾，星河欲渡千帆舞。仿佛梦魂归帝所，闻天语，殷勤问我归何处？

　　我报路长嗟日暮，学诗漫有惊人句。九万里风鹏正举。风
休住，蓬舟吹取三山去。

　　天接云涛，星河欲转，此时的她，在风浪中行走，历无数荣辱。路
长日暮，空有才华，却遭逢太多不幸。今翻山越水，愿随风而起，逃离
尘劫。这一叶蓬舟，寻得仙山而去，再不入世海颠簸。

　　庄子《逍遥游》有句："鹏之徙于南冥也，水击三千里，抟扶摇而
上者九万里，去以六月息者也。"而李清照一弱女子，有此豪迈之气，
壮烈之概，实在令人敬畏。

　　这年九月，南宋叛臣刘豫，在金人的扶持下，成立傀儡政权，被立
为"大齐"皇帝。建都大名，后迁到汴京。他是继张邦昌后，又一位傀
儡皇帝。他统治河南、陕西之地，按金朝旨意，残暴压迫百姓，聚敛财
物，以供金国，并操练兵卒，配合金兵攻宋。

　　李清照痛恨至极，写下《咏史》一诗，以抒心怀。

　　两汉本继绍，新室如赘疣。
　　所以嵇中散，至死薄殷周。

　　她借古讽今，愿南宋如东汉一样中兴，谩骂那些篡改历史、建立新

朝的傀儡小人。用嵇康与山涛绝交之事，来贬低朝堂上那些贪生怕死之辈。一曲《广陵散》成为千古绝唱，这苍茫人间，仍存浩然之气，如泣如诉。

《朱子语类》卷一百四十："本朝妇人能文，只有李易安与魏夫人。李有诗，大略云：'两汉本继绍，新室如赘疣'云云。'所以嵇中散，至死薄殷周。'中散非汤、武得国，引之以比王莽。如此等语，岂女子所能。"

宋朝女子李易安，当真是巾帼不让须眉。她是有志气的烈性女子，她的词，婉转清绝；她的诗，气象万千；她的气度，倾动了浩浩山河；她的人，端正沉静，淡然有情。

晚来风急

世间妙事，无非是守着所爱，相偎相依，以度锦年。那时芳华正好，青春年少，那时花好月圆，岁月安宁。

世间憾事，莫过于美人迟暮，孤苦无依，渐至白发苍苍。此时，日月山川，也怕丢了风韵，失了灵气，迷乱人眼。

逃亡路上，渡江越山，辗转了整个江南。她想着，此地曾有过多少帝王将相、名媛闺秀。若可以，她愿留在某个柴门小院，做个采桑摘茶的女子，不要人间富贵，不要金石字画，只安心于此，看桃李春风，流云急雨。

她过去的人生，本就华丽明媚，琴棋书画，金石丝竹，无所不有。纵是战乱时期奔逃，披星戴月，朝不保夕，也比常人多一份刚强。

若在以后的岁月，斩断了情缘，放下了文物，她亦不必追忆，更无遗憾。如此，可看风景不留心，读历史不落泪，遇皇族亲贵，也只当作市井凡人。

不在意江山，不追慕英雄，却放不下薄酒清词，细雨微风，翠竹冷梅。只是，她的词，再不见往日的百媚千娇，更多的是秋色愁黪。

那日酒后，她独守小窗，看黄花满地，梧桐细雨，脉脉情思涌动。提笔写下一首《声声慢》，万般愁肠，绵延千古。

> 寻寻觅觅，冷冷清清，凄凄惨惨戚戚。乍暖还寒时候，最难将息。三杯两盏淡酒，怎敌他、晚来风急。雁过也，正伤心，却是旧时相识。
> 满地黄花堆积，憔悴损，如今有谁堪摘？守着窗儿，独自怎生得黑。梧桐更兼细雨，到黄昏、点点滴滴。这次第、怎一个愁字了得！

只见一迟暮美人，于秋日黄昏，浅斟低唱。奈何几杯淡酒，怎抵红尘晚来风急。赏花无兴致，摘花无心情，唯在醉后，听细雨敲窗，任世景荒芜，闲愁不绝。

这时的易安居士，再无当年"东篱把酒黄昏后，有暗香盈袖"的雅趣了。她的半生，经历了常人几世的风雨和聚散。她对人世有太多的不确定，但凡她所看重的事物，最后都离之远去。

舟行万里，不见人烟，涛声激流，水汽氤氲。她和赵明诚不过几载沧桑之隔，却似有千年之久。

她的愁，入情入理，不需要解脱。又或是，乱世中人，他们喋喋不休的哀怨，都值得谅解。他们也许没有大志，只愿消灾化吉，一世平安。

明杨慎《词品》卷二："宋人中填词，李易安亦称冠绝。使在衣冠，当与秦七、黄九争雄，不独雄于闺阁也。其词名'漱玉集'，寻之未得。《声声慢》一词，最为婉妙……山谷所谓以故为新，以俗为雅者，易安先得之矣。"

1131年，宋高宗取"绍祚中兴"之意，改年号为"绍兴"。越州（今绍兴），只是南宋皇帝暂居之所，烟雨江南，或许一无所有，却足以让你有一个做梦的空间。在这里，你会忘记汉唐风烟，忘记云水漂泊，只守着这片秀丽山河，觉万物清润有灵。

这年三月，李清照抵达越州，择一民间瓦舍，住了下来。在这里，她与弟弟李迒久别重逢，数载离别，相见已是白头。

一桌肴馔，几盏淡酒，谈及过往，不禁生悲。多少成败荣辱，几多爱恨悲喜，到今时，已是万念俱寂，不值一提。

诉衷情

夜来沉醉卸妆迟，梅蕊插残枝。酒醒熏破春睡，梦断不成归。

人悄悄，月依依，翠帘垂。更挼残蕊，再捻余香，更得些时。

她似乎总是醉着，发髻上插着梅花残枝，春睡梦断，始终到不了故乡。人悄月依，手上轻捻梅花残蕊，这沁骨的幽香，消磨了光阴。

黛瓦白墙，青石小巷，江南水乡有一种静美，而且清明。她亦爱这巷陌人家的风日晴和，内心却还在漂流，没有归依。

有诗句："春残何事苦思乡，病里梳头恨发长。梁燕语多终日在，蔷薇风细一帘香。"她所思之乡，是曾经繁华的故国，是青春里的良人。

曾经如瀑的长发，已被风霜慢慢染白。春水清颜，也添了许多沧桑。她愿安稳度日，却总是忧思过度。她不惹世事，世事频频将之惊扰。

《金石录后序》中写："在会稽，卜居土民钟氏舍。忽一夕，穴壁

负五簏去。余悲恸不得活，重立赏收赎。后二日，邻人钟复皓出十八轴
求赏，故知其盗不远矣。万计求之，其余遂牢不可出。今知尽为吴说运
使贱价得之。所谓岿然独存者，乃十去其七八。所有一二残零不成部帙
书册，三数种平平书帖，犹爱惜如护头目，何愚也邪！"

李清照外出之时，有贼人挖开了墙壁，把她藏在床下的文物，尽
数盗走。李清照千般央求，亦不得他们动心，邻人钟复皓拿出十八轴书
画，来李清照处求赏，其余的，已被贱价卖给了福建转运判官吴说。

这些肤浅的盗贼，怎懂文物真正的价值？于他们而言，古董字画
能换些银钱，盖几间华屋。然而，来日风吹雨打，终会倾塌。或沽数坛
酒，几多珍馐，仅此。而那个吴说，或只是为人作嫁衣，一朝货空，家
财散尽。

浩大的历史舞台，不乏这样的无知小人，他们目光短浅，为一点贪
念，致使大厦倾倒，社稷不再。

"昔萧绎江陵陷没，不惜国亡而毁裂书画；杨广江都倾覆，不悲身
死而复取图书，岂人性之所著，生死不能忘之欤？或者天意以余菲薄，
不足以享此尤物邪？抑亦死者有知，犹斤斤爱惜，不肯留人间邪？何得
之艰而失之易也！"

天地悠悠，造化又肯放过谁？李清照和赵明诚视金石为一生的知

己，耗费心力，亦不能将之留住。更何况，那些怀着贪念、不识佳物的俗辈。得失幻灭，也只是一瞬，何必太过沉迷留恋。那些古老的文明，残缺的风物，连同当下所有的景致，终究都要逝去的。

　　原本所剩不多的文物，再次被盗，她的心情，不言而喻。曾经节衣缩食收藏的文物，如今只剩零散的一两件，不成部帙的书三五卷。这些平庸的书帖，如今还去费心珍藏，真是愚笨啊。

　　厅堂房内，门外檐下，像下过一场大雪，一片澄澈。她再不必东躲西藏，也不用苦苦载着重物一路追献。剩余的几幅残卷，想来再无人问津。

　　这些年，岁月带走了太多东西，战火焚毁了一切。留给她的，是腹中取之不尽的诗书，是镜中迅速滋长的白发，还有那几程未走完的山水。

　　"明日隔山岳，世事两茫茫。"仿佛没有一座城池，可以真正承载她的孤独，哪怕是给她短暂的安稳。她的人生，一直在十字路口，时刻做好离别的打算。

　　窗外的雪还在落，天地有情，还人间清白。庭竹墙梅在忧患中，亦是简净慈悲，无论哪个朝代，都冰洁风流。从来，更改的只是人心。

　　绍兴二年（1132）初，宋高宗到了临安。这里的湖光山色，恍若人间天堂，他一见倾心。于是开始兴建太庙，自此，这里成了偏安朝廷的国都，收留了许多柔弱无依的灵魂。

　　那些王公贵族，被江南的暖风吹醉，忘了国耻家仇，忘了江湖风雨。在这里，修建宅邸，娶妻纳妾，寄情歌舞，醉生梦死。

　　有诗："山外青山楼外楼，西湖歌舞几时休？暖风熏得游人醉，直把杭州作汴州。"西湖之景名闻天下，风帘翠幕，烟柳画桥，多少文人词客为之魂牵梦萦。

　　南宋的君臣，为避战乱，落败休憩于此，亦不算是对风景的亵渎。人世好山好水，何处不可治国成家平天下，过往的兴废炎凉，且当梦一场。只要志气不坠，天地间山远水长，风光无际；银河里繁星鼎沸，灿烂澄明。

　　乱世里，也有富贵喜气，有春风盛景。天地往来从容，百姓平淡清安。

卷
六

连天芳草，
望断归来路

西湖冷梦

　　女子皆是水做的骨肉，良善而温柔。她纤弱不争，慈悲有情，被万物滋养，又滋润了万物。她含蓄婉约，百媚千娇，一个低眉，一声浅笑，便倾城倾国。她之妙处，似日月山川，千颜万色，无穷无尽。

　　西湖，是一个可以容纳万物、安放闲情的地方。西湖，苏小小的西湖，白居易的西湖，苏东坡的西湖，也是白娘子和许仙的西湖。这些人，爱雨后烟柳，日出桃花，更爱万丈红尘。

　　白乐天有诗："几处早莺争暖树，谁家新燕啄春泥？乱花渐欲迷人眼，浅草才能没马蹄。"描绘了大唐西湖之春景，孤山钟声，白堤绿杨。西湖不仅山水秀丽，更是人文昌盛，千百年来，风光无限。

　　而苏东坡的"欲把西湖比西子，浓妆淡抹总相宜"，亦把西湖的美写到了极致。西湖便是那红粉佳人，嫣然百态，又贴心知意，愿守天荒。

这年春天，李清照也随行来到了临安。西湖为文人墨客风云聚会之地，千古繁华，又怎能少她一人？她随波而来，携一身尘埃，晓风霜气，虽已是红颜迟暮，仍使花枝摇动，桃柳失色。

她不再是当年泛舟溪亭的少女，亦无绰约风姿。今时的她，一身病骨，容颜憔悴，依靠炉上温着的那壶酒，从黄昏坐到日暮，再守着月色到天明。

也去西湖泛舟，看烟柳如画，观雷峰夕照。去龙井问茶，山寺寻桂，灵隐说禅。慢慢地，觉得寻常的日子，有了一种妙趣新意，亦在风景中淡忘了离愁。

动荡的局势，似乎远在尘寰之外。这座城，有逐梦寻欢的朝廷，也有安居乐业的百姓。若可以，就此忘记旧日河山，修筑楼台庭园，也未尝不好。

世间多少飘零破碎的心，总需要一个地方栖息，慢慢疗伤。闲时，她亦蘸墨写诗，提笔填词。有句："露花倒影柳三变，桂子飘香张九成。"

日子如诗，却也淡泊，没有她想要的安稳。她可以不要书生英雄，也不要名利富贵，不要山盟海誓，但长夜清冷，病榻凄凉。寂寞时，她依旧期待有那么一个人，能够嘘寒问暖，让她依靠。

本想着，此生守着残缺的字画古卷，安度余生。如今是人去物散，她的世界，若初时那般清白，只是添了些岁月风霜。她以为，今生再无人可以敲开她的心门，以为缘绝红尘，入了禅境。

偏生有这样一个男子，闯入她孤独的人生，来得这样不合时宜，又这样恰逢良机。他叫张汝舟，归安（今浙江湖州市）人。早年是池阳军中小吏，崇宁二年进士，并于绍兴元年，任右承务郎。

因公务关系，他识得李远，因此结识了李清照。这时的李清照虽人老珠黄，但气质卓绝，况她词女之名，当年惊动汴京，今时于临安，亦被传唱。

张汝舟久闻李清照和赵明诚多年来沉湎金石字画，藏书万卷。故投其所好，带了两幅吴道子的画造访她，让其品赏。又言他久慕易安词才，终得相见，足慰平生。

张汝舟本是文官，生在江南秀丽之地，并非粗犷之辈。他亦是儒生，有功名，且有官职，模样清秀，书生气浓，与北方男子气质不同。

数日间，张汝舟写得诗词，频繁去李清照住处，请她评点。李清照观其词，虽无奇处，却也中规中矩，不算下品。且他词中，尽流露出对其爱慕之意，相思之情，她怎会不知？

张汝舟前番丧妻，并未续弦。即与李远商量，今乱世飘零，贼盗横行，四顾茫然，朝不保夕，清照孤身一女子，江湖漂泊，终是不便。他有心娶清照为妻，让她有个归宿，免去漂泊之苦。

那时的李清照，尚在病中，觉身似漂萍，总生无根之叹。见落花觉人生凄惨，观细雨觉悲伤，那么多黄昏，独自挨过，其间的苦楚，只有自知。

数载飘零，尝尽辛酸，她亦想觅得良人，好梦重温。虽知张汝舟不似赵明诚那般风流倜傥，学富五车，却也眉目清秀，懂些诗词，温雅谦和。

尽管，旧时女子再嫁，便是失节，会惹来嘲讽，不被人祝福。但她于世俗之礼，向来不屑，她之性情，冷傲洒脱，决意做的事，无人可阻。

他并非爱她入骨，她亦不是非嫁不可。不过是红尘中的一花一木，贪恋了几许春光，愿携手相伴，各取所需。以后的日子，她给他诗情词意，他给她安稳现世。

于是，一顶花轿，一切从简，李清照与张汝舟结为连理。在她看来，也许，这即是命运安排。赵明诚离她而去，多年孤雁漂泊，历江湖风雨，终于又有了个归处。虽非如花年少，也可半生托付。

红烛高照，鸳鸯帐里，二人温情款款，尚且欢喜。这个男子，没有给她赵明诚曾给予她的刻骨铭心；两人亦不觉得恩爱，只是平凡的民间夫妻。那个夜晚，月光清明，竹影映窗，不晓得人间欢爱，也不懂世上忧愁。

才女再嫁，临安城一时议论纷纷。那些闲言碎语，她自是不放在心上。她只想，在这座城有一处安静居所，有那么一个人，嘘寒问暖，对饮西窗。

她的世界，多了这样一个人，白日伴她诗词，夜里陪她风月。数年孤苦，如今总算有了些许慰藉，若可以，她愿与之平淡相守，共赴急景凋年。

如此不过数日，张汝舟忽问清照，她的文物还剩多少，莫如取来，让他收起，免得让恶人盗去。李清照如实相告，万卷收藏几经战火，再遭贼人，已尽数遗失。所剩的不过几册寻常书简，毫无价值。

张汝舟自是不信，之后又几次三番，拐弯抹角，问及李清照古董之事，她皆回没有。一时间，她似乎明白了一切，他之所以与她结合，并非为了其才情心性，而是觊觎她多年的藏品。

他多次逼问，不得结果。这个男子，开始让她觉得陌生而遥远。此后，他流连于风月场所、烟花之地，半夜归来，皆是丑陋醉态，令她厌恶至极。

世人都说，赵明诚收藏的文物，数以万计，有些珍宝，更是价值连城。可谁又知道，那些珍藏，随李清照颠沛流离，途中散落，早已下落不明。

张汝舟以为娶得才女为妻，便可拥有她的贵重文物。如今得知藏物尽失，大失所望，对李清照没了好脸色，不仅冷漠以对，还拳脚相加。

李清照知自己遇人不淑，眼瞎心盲，悔不当初。可叹迟暮秋颜，清白一生，竟落此劫数。想来尘世女子，若不遇良人，宁如浮萍，亦不要轻易将自己托付。

挨几次打后，实在不堪其辱，李清照决心离开此人，断绝这段孽缘。她本是高枝上的梅，冷傲孤绝，又怎肯委曲求全。她犯的错，她自会承担。

李清照《投翰林学士綦崇礼启》描绘误嫁张汝舟过程："既尔苍皇，因成造次，信彼如簧之舌，惑兹似锦之言。弟既可欺，持官文书来辄信；身几欲死，非玉镜架亦安知。俛俛难言，优柔莫决。呻吟未定，强以同归；视听才分，实难共处。"

几番思量，家中各处搜寻，试图找出张汝舟的罪状。后发现他考试次数太多，超过了宋朝规定。此乃欺君之罪，一经判罪，自会夺取官爵，流放远方。

李清照将其告发，并请求离婚，恢复自由。按宋代刑法，妻子告发丈夫，即使属实，亦要判罪两年。李清照宁为玉碎，也不苟活偷安，非豪气无以成之。于是夫妻二人，一个流放，一个身陷囹圄，自是落花流水两无情。

幸得翰林学士綦崇礼相救，他"廉俭寡欲，端方亮直，不惮强御"，与赵明诚是故交，今得宋高宗重用。他赏识易安之才，亦怜惜她凄凉遭遇。

綦崇礼于高宗面前，说起李清照追随銮驾，几载漂泊，并将张汝舟骗婚之事，详细告知，方使之得免于刑罚。入狱九天后，李清照被释放。

宋史上，自此又多了一段逸事传奇。或说她失节不忠，或说她敢爱敢恨，是非对错，皆如烟尘，都已过去。

胡仔《苕溪渔隐丛话》："易安再适张汝舟，未几反目，有启事与綦处厚云：'猥以桑榆之晚景，配兹驵侩之下才。'传者无不笑之。"

悠悠千古，纵是江山易主，亦只作渔樵闲话，百姓笑谈。她不过是寥廓天地的一粒尘埃，何能得免。

《道德经》中所言，"飘风不终朝，骤雨不终日。"飘风急雨，终将止息，人世万般险恶，最后都归于美好。

她重新做回易安居士，倚着楼台，独饮春色。她多日未画的眉，有些浅淡。她新生的白发，似那明月霜雪。她铺纸研墨，细写漫漫山河。

豆蔻煎水

"采采流水，蓬蓬远春。窈窕深谷，时见美人。碧桃满树，风日水滨。"写的是诗品，也是气度，亦为境界。

她也曾是美人，流连于溪亭日暮，沉醉在藕花深处。也曾轻解罗裳，兰舟独上，看西楼月满，雁子归返。

爱是一场风，吹过袅袅江南，吹过平湖秋月，吹过庭院青墙。万物消长，一起一落；新旧交替，一生一灭。

人生聚散皆是天意，经历过后，方知尘世多少事，可笑而荒唐。你用尽心力，想要维系一段感情，过好这一生，却总是事与愿违。

多年流亡道路，唯盼现世安稳，有一旧宅栖身，如此总不至飘零。谁知她所托非人，多年修行，到底还是落入泥淖。所幸她及时抽身，不至于彻底断送余生。昨日同桌同食，今时则成陌路。

结束这次惨败的婚姻后，李清照觉得自己又苍老了许多。历硝烟战火，贼寇抢夺，甚至牢狱之灾，她还是安然无恙。有过这么多劫数，今雨过天晴，算不算吉人天相？

不知过了几月，江南的街巷，有了卖花声。这深院人家的朝气，让她还爱着世俗的烟火，人间万事虽无凭，但依旧可信。

且搁下惆怅之思，愁病之身，亦不管镜里两鬓霜华。有词《山花子》，写她病后境况，婉顺自然，闲适安好。

> 病起萧萧两鬓华，卧看残月上窗纱。豆蔻连梢煎熟水，莫分茶。
> 枕上诗书闲处好，门前风景雨来佳。终日向人多蕴藉，木樨花。

时有月光落在纱窗上，又偶有细雨敲瓦。豆蔻煎茶，枕上诗书，就连木樨亦多情，终日酝酿芬芳馈赠于人。洗尽铅华的李清照，仿佛远离了生死愁苦，重拾雅趣闲情。

宋人原本雅致，喜沸水煎茶，插花填词。若没有国破家亡的屈辱，这该是个令人魂牵梦萦的朝代。这些锦绣河山，也曾让他们得意。但太过美好之物，往往不得久长，安稳之后，则是动乱。

经历了这么多磨难，她该隐遁于这湖山深处，煮茶煎药，诗文做伴。然而消沉的朝廷，肃杀如秋山，每当夜幕来临，她总是凄凉难安。

个人之荣辱浮沉，尚可肩负，这颓败山河，何来良策拯救？帝王爱江山，商人爱富贵，百姓喜安宁。她为词客，于这人间秋色，样样皆爱。

山河让人落泪，那些遗忘在汴京的过往，亦同秋叶，再难捡拾。月有阴晴圆缺，窗棂檐角，亦有其姿态。转眼望去，斯人已逝，故国难寻，真叫人万念俱灰，有着说不尽的苍凉。

端起的酒杯又放下，让人不敢追根问底。被金兵掳去的两位大宋皇帝，下落不知，生死不明。是否还在那片萧索之地，写着他端正的瘦金体，又是否在狭窄的牢笼里，唱春花秋月。

绍兴三年五月，宋高宗派韩肖胄和胡松年出使金国。借探望徽、钦二帝之名，以试金国态度，是否可议和。韩肖胄是北宋宰相韩琦曾孙，拜端明殿学士、同签书枢密院事。这时金国兵强马壮，使金之行毫无把握，怕是凶多吉少。

临行之前，韩肖胄与高宗道："今大臣各徇己见，致和战未有定论。然和议乃权时之宜，以济艰难。他日国步安强，军声大振，理当别图。今臣等已行，愿毋先渝约。或半年不复命，必别有谋，宜速进兵，不可因臣等在彼间而缓之也。"

他深知这次远行，生死未卜，却无所畏惧。他告知宋高宗，若半年没有回来复命，表示金人另有图谋，当迅速进兵，不必担忧其个人安危。

离别时，韩肖胄泪下涔涔，跪于母亲面前，以述不孝之意。其母劝他道："韩氏世为社稷臣，汝当受命即行，勿以老母为念。"

自古英雄身后，总有一位伟大而坚强的母亲。她虽柔弱，却有黄河般汹涌的爱，长江般浩瀚的情。她不能策马沙场，却总在危难之时，挺身而出，舍命相护。

宋高宗嘉许韩母贤惠，封她为"荣国太夫人"。她虽只是清淡地走过历史舞台，甚至连影子都不曾留下，却是真实地存在过，且让人肃然起敬。

李清照知晓其事，深感其德。念及祖父二代，皆出于韩琦门下，虽欲拜望，又因诸多不便，故写下《上枢密韩公工部尚书胡公》，以表其心。

其序为：绍兴癸丑五月，枢密韩公、工部尚书胡公使虏，通两宫也。有易安室者，父祖皆出韩公门下，今家世沦替，子姓寒微，不敢望公之车尘。又贫病，但神明未衰落，见此大号令，不能忘言，作古、律诗各一章，以寄区区之意，以待采诗者云。

其一

三年夏六月，天子视朝久。

凝旒望南云，垂衣思北狩。

如闻帝若曰，岳牧与群后。

贤宁无半千，运已遇阳九。

勿勒燕然铭，勿种金城柳。

岂无纯孝臣，识此霜露悲？

何必羹舍肉，便可车载脂。

土地非所惜，玉帛如尘泥。

谁当可将命，币厚辞益卑。

四岳佥曰俞，臣下帝所知。

中朝第一人，春官有昌黎。

身为百夫特，行足万人师。

嘉祐与建中，为政有皋夔。

匈奴畏王商，吐蕃尊子仪。

夷狄已破胆，将命公所宜。

公拜手稽首，受命白玉墀。

曰臣敢辞难，此亦何等时！

家人安足谋，妻子不必辞。

愿奉天地灵，愿奉宗庙威。

径持紫泥诏，直入黄龙城。

单于定稽颡，侍子当来迎。

仁君方恃信，狂生休请缨。

或取犬马血，与结天日盟。

胡公清德人所难，谋同德协必志安。

脱衣已被汉恩暖，离歌不道易水寒。

皇天久阴后土湿，雨势未回风势急。

车声辚辚马萧萧，壮士懦夫俱感泣。

闾阎嫠妇亦何如，沥血投书干记室。

夷虏从来性虎狼，不虞预备庸何伤。

衷甲昔时闻楚幕，乘城前日记平凉。

葵丘践土非荒城，勿轻谈士弃儒生。

露布词成马犹倚，崤函关出鸡未鸣。

巧匠何曾弃樗栎，刍荛之言或有益。

不乞隋珠与和璧，只乞乡关新消息。

灵光虽在应萧萧，草中翁仲今何若？

遗氓岂尚种桑麻，残虏如闻保城郭。

嫠家父祖生齐鲁，位下名高人比数。

当年稷下纵谈时，犹记人挥汗成雨。

子孙南渡今几年，飘流遂与流人伍。

欲将血泪寄山河，去洒东山一抔土。

其二

想见皇华过二京，壶浆夹道万人迎。

连昌宫里桃应在，华萼楼前鹊定惊。

但说帝心怜赤子，须知天意念苍生。

圣君大信明如日，长乱何须在屡盟。

多少人，面对这已经无法收拾的山河，选择沉默。或贪恋安逸，或随波逐流，自不问明日生死成败。但李清照始终无法漠视，她对故国之情深，皆在文字中有所表白。

若身为男儿，李清照或与辛弃疾一样，投入抗金前线，豪气万千。但她身为女子，不能策马扬鞭，披甲上阵，亦不能出谋划策，精忠报国。她只能守在深深庭院，望着天外，一阵雁过，一片云来。

她不赞成宋高宗做法，为了虚伪的尽孝，懦弱地一味求和。她希望有人挺身而出，如东汉大将窦宪那般，勒功燕然，大破匈奴。或如桓温那样，收复山河，重见故处杨柳，翠翠青青。

韩肖胄品才兼具，出使金国，或可大振国威。当年匈奴惧怕王商，吐蕃尊重郭子仪，现在只盼韩肖胄慑服金人。李清照在诗中，或为激励，或为叮嘱，或为奉劝，皆是心中真情实意。

那些曾经游赏过的山水，倚靠过的栏杆，已换了主人。想来，怎能不生忧思悲戚。曾经大好河山，残缺过半，那些故乡亲民，亦无鸿雁相通，杳然无踪。

他们是否安在？流离何处？居于何方？可还植桑种麻，有衣有食？她一无所知，只将豪情志气，付与残杯淡酒，寄给明月青山。

"欲将血泪寄山河，去洒东山一抔土。"韩肖胄读罢李清照铿锵诗句，颇生感慨，凛然傲气油然而生。一路上，斜阳荒草，离愁别怨，时深时浅。

韩肖胄到了金国，金人知其家世，乃名臣之后，十分重视。此次出使，往返费了半年光阴。宋高宗即位以来，不曾有使者往来，到今时，金国方派人同来。虽未达成和议，但金国答应暂时停战。

历史像是一场游戏，纷乱是它，安宁也是它；成是它，败也是它。如此也好，原本胆怯的南宋君臣，又有足够的理由，安居江南水乡。

他们学会了风雅，泛舟湖上，买醉西泠。临安比之从前，更加繁华旖旎，无遮无拦。细雨浸润深巷，柳絮飞入闲庭，一代江山，有了另一番新景。

易安居士，则是那出游的花神，仙踪纱纱，恍惚不记归路。只是来年春暖燕归，这枝瘦梅，又将绽放于谁家墙院，为谁语笑嫣然？

莫不静好

"宜言饮酒，与子偕老。琴瑟在御，莫不静好。"说的是民间爱情，柴门小院，桑竹人家，村夫俗妇，虽淡饭粗茶，却恬淡安宁。

当下之景，亦是天地清明，连梦也澄澈如水，毫无惊扰。窗外的叶，炉上的茶，瓶中的花，以及枯枝横斜的光影，与世相宜，莫不静好。

那时的少年不再，只剩她半老佳人，守着日色风影，看檐下残阳如血，窗外夜色青森。流水落花，别有一种浪漫意境，而今她暂安于此，已无伤情。唯愁绪萦怀，忽浓忽淡，时增时减。

彼时江山晚秋，临安却一片华丽景象，草木欣然，西湖水畔，歌舞不休。多年征战杀伐，流亡逃命，他们早已厌倦纷乱喧闹，期待安于一隅，看水色云天。人生匆匆又无常，又何必时刻负重前行。

李清照铅华洗尽，无心打理容颜。案几上的妆奁，还有残余的珠玉，从中隐约可以看到她过往的年华。想来，那么多苦心收藏的金石字画，以及经营多年的情感，皆已失散。这人间，能留住的还有什么？

多年前，赵明诚曾将诸物托付她照料，如今剩这断章残纸，又该拿什么跟他交代？到底是天意难违，大江东去，浪淘尽，千古风流人物，却也是漂泊无主。

赵明诚生前搜寻文物，珍藏把玩，并花费许多时间撰写《金石录》。而今物散人亡，李清照心中愧疚，便趁当下安稳，了却亡夫一段夙愿。如此，她亦心安理得，省去几许忧思。

客来煎茶，客走执笔，窗外花开又花败，门前客来又客往。撰写《金石录》，亦是在回忆她富足而荒凉的半生。只是谁还会记得，当年汴京城这一对让人称羡的才子佳人？归来堂十年修行，成了永远回不去的昨天。

文物原本无情，是他们投入了太多的真心，留下太多的故事，后来，便有了价值，有了历史，成为令人眷恋的珍品。

若他还在，该多欢喜。一人伏案，一人焚香。一人煮水，一人分茶。今时天上尘寰，又分明能感到他如影相随，故亦不可以有悲哀。情之至深，没有生死离别，只要她念着，他总是在的。

　　"闻道有先后，术业有专攻。"李时珍著《本草纲目》，陆羽著《茶经》，赵明诚和李清照则著《金石录》。一生所爱，不过春花秋月，碗茗炉烟，以及这金石字画。

　　想当年，她不惜典当衣物珠钗，只为换取半卷薄纸。也曾富贵奢逸，也曾清寒闲散，也曾拘泥世俗，也曾逍遥自在，也曾患得患失，也曾去留随意。这一切，都与时光同行，不复归来。

　　但人世的荣华清苦都是真实的，且寻常，只是个中滋味难言。古来多少文明，源于百姓人家，方有了帝王将相，有了诗人词客，亦有了兴亡成败。

　　绍兴四年八月，李清照完成了《金石录》，多年心愿，尘埃落定。《金石录》三十卷，著录其所见上古三代至隋唐五季以来，钟鼎彝器的铭文款识和碑铭墓志等石刻文字，是中国最早的金石目录和研究专著之一。

　　之后，李清照孤影耕耘，提笔写下《金石录后序》，短短数页，道尽其一生悲欢。

　　"呜呼！余自少陆机作赋之二年，至过蘧瑗知非之两岁，三十四年之间，忧患得失，何其多也！然有有必有无，有聚必有散，乃理之常。人亡弓，人得之，又胡足道。所以区区记其终始者，亦欲为后世好古博雅者之戒云。"

"有有必有无，有聚必有散，乃理之常。"她好似天女散花，万般浮华，不着于身。如此修为境界，是山水看尽，而那一场又一场的劫数，亦算是走过去了。

西湖的荷，好似要倾尽所有，绽放最后的美丽，没有一点保留。她的庭院，昼静夜长，心事如洗。搁笔之后，无所事事，任凭季节变幻，花开月圆。

平湖若水，风波又起。这年九月，金国发兵数万，与伪齐军联合南侵。这个消息传到临安，举朝震恐。有人主张疏散百司，避其锋锐，也有人力主抗击，与其死战。

十月，高宗决意御驾亲征，欲率六军与敌决一死战，这也鼓舞了士气。加之，有韩世忠、岳飞等勇将，金兵接连败阵。到了十二月，金兵粮草匮乏，金主晟病重，便退师北归。

瘦弱的南宋王朝，经多年战乱，已是惊弓之鸟。硝烟起，歌舞歇，君臣奔逃，百姓相随，临安城一片纷乱。

李清照在《打马图经序》中写："今年冬十月朔，闻淮上警报，江浙之人，自东走西，自南走北，居山林者谋入城市，居城市者谋入山林，旁午络绎，莫不失所。"

李清照得了消息，亦逃去金华。金华亦是江南灵秀之地，有吴越文化，更有许多仙山佳景，名寺古塔。

此番逃难，李清照行囊轻便，不为物所累，倒也从容。金兵虽来势凶猛，宋将顽强抵挡，未能渡江。千帆过尽，再走一次阡陌，经几座长亭，当是无惧。

江南晚秋红紫，山风清冷，流水淙淙。过富春江，途经严子陵钓台，李清照心生感慨，写下《夜发严滩》诗一首。

巨舰只缘因利往，扁舟亦是为名来。
往来有愧先生德，特地通宵过钓台。

严子陵，乃东汉光武帝刘秀好友，助他起兵，后功成身退，隐姓埋名于富春山。他不慕富贵名利，得后人赞誉。范仲淹撰《严先生祠堂记》，有句："云山苍苍，江水泱泱，先生之风，山高水长。"

"天下熙熙，皆为利来；天下攘攘，皆为利往。"李清照感叹自己同南宋朝廷一般，不曾挣脱名利网，为求苟安于世，不惜东奔西走。先生之高风亮节，让其羞愧。今路过钓台，亦是一段机缘，留下笔墨，深为敬重。

古往今来，有几人能淡泊名利，像严光那般，闲钓春雪江风，隐于烟林山影。陶渊明，几番出仕，几番归隐，最终放下名利；朱敦儒，挨不住功名催促，未保晚节；苏东坡漂泊江湖，还是没忘世间营营。而李清照，历半生荣辱，仍存执念。

有人为争名利出仕，有人为忘名利归隐，到最后，皆是殊途同归。只不过，蹉跎岁月，有人名留青史，有人寂寂无名。

李清照便是那留在历史中的人物，不修铅华，心思干净。她之性灵、品格、气度远胜赵明诚，她的爱与怨，亦比他纯粹。她是宋史里的女子，与她相好，都是欢喜。

逃亡路上，晓行夜宿，沿途景致绝佳，倒是怡然自在。往年总忧心携带的文物，怕追兵流寇掠夺，而今一身轻，方知无物心空。

碧云霜天，如在画中，流水人家炊烟袅袅，山河安然，怎有兴亡之事。孤舟、瘦马、老树、昏鸦，说的是乱世里的景象，而此刻逃亡路上，西风残照，却有现世安稳。

后来她写道："易安居士亦自临安沂流，涉严滩之险，抵金华，卜居陈氏第。乍释舟楫而见轩窗，意颇适然。"

李清照十月中旬抵达金华，居酒坊巷陈氏宅第。多年流离，熟识江南风物人情，于此处，李清照毫无陌生之感。

战火远隔世外，她亦不惊惶，日子一如往昔。小门小户，也有前庭后院；旧宅深巷，不缺静堂明窗。几卷诗书，一壶清茶，她万千姿态，无限雅趣。

她的闲情，开始如这深秋落叶，无人收管。这薄凉的人世，本不该让自己活得太沉重，太委屈。况她才情绝代，风姿绰约，不负于人，无愧于心，何必隐忍，有何可惧？

世人皆以为，易安居士晚年孤苦凄凉，却不知，她把日子过得有滋有味。年轻时，她不仅痴迷诗词金石，也饮酒博弈。若非多年流离避乱，她应该还是汴京城里，那个潇洒自如的博弈高手。

女子若有心，比之男子更为慷慨旷达。假如说，她曾输给生活，于赌场，她却几乎未败过。功名利禄，且随它去，她要的，不过是放纵不羁，与世相忘。

终有一日，烦恼皆消，悲喜不惊。

物是人非

月色深庭，灯火楼台，草木起了露水，万物静寂。对着小窗独坐，心思随光影徘徊，没有琐事扰心，亦无世事忧心。只觉，人生平淡无争，清冷时不落悲意，欢喜时仍存静好。

"更长烛明，奈此良夜何。于是博弈之事讲矣。"李清照，在金华安顿下来，多少情意随流光飞逝，当下一切已无所不好。只是夜长烛明，如此良夜又该怎样打发？她想起了博弈。

闲时，李清照除了读书填词，余下时间皆用来饮酒赌博。年轻时，她痴迷博弈，甚至废寝忘食。因她天资聪颖，悟性高，且苦心钻研，故逢赌多赢。

南渡之后，长物尽散，就连赌博的器具也在逃亡途中丢失。世俗之博具简陋不堪，唯一能让她嬉笑的只有打马。

她不去赌坊，只与街巷小户的邻家聚集一处小赌，免去凄清长夜，消磨闲散光阴。赢得碎银，大家到街市上买酒，买小食，席上谈笑，倒也怡然尽兴。

她喜博弈，且颇有研究，写下《打马赋》。借打马寄寓心志性情，以棋局比喻政局，行文精妙，用心良苦。

"予性喜博，凡所谓博者皆耽之，昼夜每忘寝食。且平生多寡未尝不进者何？精而已。自南渡来，流离迁徙，尽散博具，故罕为之，然实未尝忘于胸中也。"

可见词女未必都是凄凉之客，成日吟咏哀怨之音。她之聪慧，在这清淡人间，可谓应对自如。只是她精通那么多博弈方式，难逢对手，亦是曲高和寡。

《打马赋》云："打马爰兴，樗蒲遂废。实小道之上流，乃闺房之雅戏。"这是一篇精彩的骈文，与游戏博弈相关的作品，在历史上不可多见。

易安居士喜打马游戏，并沉迷于此。在深闺中，便对博弈有所研究，后嫁与赵明诚，趁搜寻字画之际，与邻家女眷玩乐，赢得碎银，吃酒闲游，甚是痛快。

　　她对历史上那些尽兴豪赌的人事，心存无限向往，奈何无缘一争高低。她亦怀高才雅量，愿做一个豁达明净之人，如古人气定神闲，从容淡定。她虽一介女流，填婉约的词，却博览群书，文词绝妙。

　　旧时闺中女子，除了荡秋千，便是于花影下刺绣。多才之人，则通音律，能诗会画，闲暇时也以打马为乐。她们的人生，朴素无华，波澜不惊。

　　想起幼时过年，村里柴门悠巷，草木青石一片喜气。吃了夜饭，男女聚于一堂，不说一年所得所失，亦不诉离合悲欢。拿着袋里的银钱，投骰子推牌九。牌九是一种古老的中国骨牌游戏，据说起源于宋代，今时民间依然盛行。

　　虽是小赌，各人心中却十分在意，走得步步惊心。直到夜深人静，方草草散场，披霜戴露归家。赢了自是欣喜，输了亦不气恼。一年的光阴，恰如一场赌局，很快就过去了。

　　夜里博弈怡情，白日则登高怀古，这位女子，哪怕纵身烟火，亦还会留一份诗意。她总是心思过重，又分明不肯悲春伤秋，把索然无味的日子，过得有声有色。

　　绍兴五年春，她去了八咏楼，眺望南朝山河胜景，迤逦风光，心生感慨，作诗《题八咏楼》。

千古风流八咏楼，江山留与后人愁。
水通南国三千里，气压江城十四州。

悲宋室之不振，慨江山之难守。今时的她，早已风华尽失，似枯草衰杨，虽忧思故国，却再无力挽留什么。她说，江山留与后人愁，带着一种无奈的洒落。

楼台耸立，离云很近，离天却很远。她素衣白裙，绾一简单发髻，斜插木钗，不饰珠玉，仍有一种顾盼风流。檐角的风，从唐朝吹来，宋朝的江山亦无差别，一样的渔樵人家，街巷阡陌。

唐人杜牧有诗："南朝四百八十寺，多少楼台烟雨中。"这么多的烟雨楼台，都成了历史遗迹，有去有留，有成有毁。放眼望去，天地辽阔，风云浩渺，人世间太过真实的东西，反而让人害怕失去。

江山，便是一盘或聚或散的棋子，既是棋子，落在哪里，都改变不了残局。既更改不了宿命，那么且随它去。

当下的生活，她是想要爱惜的，和人交好，与风相悦。可到底经历了太多，人生如戏，所有的平和安静，都被悲伤取代了。一个人赏花事，或饮薄酒，或日暮临风，又或寂夜剪灯，皆不免惆怅。

又过了些日子，风雨来袭，落花铺径。这满地落红，像逝去的年华，又如过往的恩情爱意，何以被光阴摧残至此。

武陵春

　　风住尘香花已尽，日晚倦梳头。物是人非事事休，欲语泪
先流。

　　闻说双溪春尚好，也拟泛轻舟。只恐双溪舴艋舟，载不动、
许多愁。

　　落花成泥，她人困倦，懒得梳头理妆。残春之景，与过往无异，
只是物是人非。人生万事皆休，她努力巩固的心河，再次决堤，终泪流
不止。

　　都说双溪春光明丽，游人如织，她虽人老色衰，亦想泛舟赏景，看
山光水色。疏烟几缕，往事低徊，怕这叶小舟，载不动，她内心无尽的
忧愁。

　　犹记当年李清照，还是亭亭少女，手执荷花，粉黛略施，亦可倾
城。《诗经》里有云："所谓伊人，在水一方。"《洛神赋》里有云：
"翩若惊鸿，婉若游龙。"《李延年歌》里有云："北方有佳人，绝世
而独立。一顾倾人城，再顾倾人国。"

　　李清照便是这样的女子，纵不是，于赵明诚眼中，她亦是独一无二
的绝代佳人。她端雅温柔，乘着兰舟，在斑驳的花影下，千娇百媚。

多少动人心魄的美好，皆被流光抛却，无影无踪。她已是斜阳里的风景，纵有一日，江山胜极，故土归来，也只能远远观望，再不可亲近，不能亲近。

这千年万年修来的莲花身，丢了红珠钗、绿罗裙，又还剩下什么？她的明净清冽，她的浪漫多姿，在这红尘乱世里，全部交还给了岁月。

我以为她会一直惆怅哀怨，她没有；我以为她会遁世离尘，她也没有。她随了时代的浪涛，行到哪儿，止到哪儿。这些年，她一直在流亡避乱，并没有深隐山林，而是跟着朝廷，东奔西走。

并非不知疲惫，在她内心，始终期待，有一天可以与南宋君臣，回到梦里的汴京。她是宋朝的才女，怎能轻易败给红尘？活着的每一天，她都能屈能伸。

在金华，喜悦多过悲愁，清宁洗去了浮躁。战火远离临安城时，亦是李清照与金华告别之日。背着行囊，登上小船，她竟依依难舍。

长亭相送，终有一别。这座小城，有收容她视她作亲人的陈家，有与她朝夕相伴的街坊姐妹。乱世凡尘，真心实意的照应，于她，是恩宠。这跌宕起落的一生，还是留下了许多贵重的情意，让人难忘。

又是山河晚秋，风日萧索，李清照乘船沿富春江顺流而下，心情比来时更为淡定。江流漫漫，水汽氤氲，天下山势皆是奇景，形态各异，却带给人惊叹与震撼。

不几日，李清照回到了临安，挨着西湖，择了一清凉居所。这座城，有一种佛性，让人为之倾心，为之义无反顾，甚至能让她遗忘当年汴京之景。她却惧怕，自己的生命里，有这样的背叛。

自此，她再也没有离开这座城，没有走出西湖。当年，苏小小说："生于西泠，死于西泠，埋骨于西泠，庶不负我苏小小山水之癖。"可她到底不是江南女子，这里的山光水色，会对她一往情深，护她地老天荒吗？

山河有信，人间多情，也许固执地守着这座城，大宋的河山，会一点一点地收复。她只是迁徙到此的燕子，但求有枝可依。

两鬓染霜

倚着楼台，看落叶纷扬，庭空林疏，只觉人世依然清华可贵。金灿灿的黄叶挂在窗前，斜过飞檐，有一种盟誓的庄严，让人忆起年轻时错过的那场佳期。

一个人经过太多风雨，内心疏旷简明，再不轻易为人世惊动。剩下的光阴，是一池的残荷，留着静夜听雨，简单直白，不必含蓄婉约。

她居西子湖畔，愿这片湖山净水，可以让她缓慢而优雅地老去。但凡有山水之地，皆清润柔和，就连沧桑也少了些许哀怨。只是南宋王朝的臣民，心中总有一种悲意，任是如何修行，都不能释怀。

易安居士后来的二十年，是如何度过，又是何时归去，已不重要。重要的是，她人生有得意之时，于宋朝的光阴里，似惊鸿照影，潇洒恣意地走过。

　　她，在日月山川里，神秘又温柔。她的词，若清水出芙蓉，又深晓人情世故。乱世里的人家，总是七零八落，她一世珍藏，也是落花残景。但她所有的过往，都经得起询问和推敲，不容猜疑。

　　其实，那么多先人也只是存在于历史。他们所发生的故事、有过的情感，乃至生活中许多微小的细节，我们一无所知。谁记得她鬓边几时生了白发，知道她书斋里养了何种植物？谁又记得她心中有过怎样的愁怨，枕畔流过多少泪水？

　　从前的一切，都叫往事。她这般才高清绝的女子，自不屑任何人在她的故事里，留下多余的痕迹。她愿如宋朝城池下的一场雪，阳光洒落，万般的美，皆消失殆尽。

　　又见梅花映在窗纸上，人生恰如这梅花，傲然登场，悄然而去。她咏了一世的梅，再次相逢，又念起了旧情。初雪过后，天地清冷，她提起久违的笔，写下《清平乐》。

　　　　年年雪里，常插梅花醉。挼尽梅花无好意，赢得满衣清泪。
　　　　今年海角天涯，萧萧两鬓生华。看取晚来风势，故应难看梅花。

她探身折梅，斜插在满是霜华的发髻上，这是她与梅花的情意。物换星移，戏散场，唯照在瓦当的阳光还在，深庭的梅枝还在。李清照晚年，虽偶写词，却已没有了故事，清净得连梦亦不常有。

西子湖畔，青山瘦水，西泠草庐，寒梅数枝。西湖的美，又岂仅仅是群芳烂漫、水汽氤氲，更多的是文人墨客，风流俊逸。苏子的豪放，易安的婉约，落于云水间，有着无尽的妙意。真个是，浓妆淡抹，皆有韵致，总是相宜。

孟子云："彼一时，此一时也。五百年必有王者兴，其间必有名世者。"他并非预测，而是世事常理。每逢天下大乱，必有救世之主。山回路转，于是有了太平。

这时期，宋金战争仍未止息，只是之前严峻的形势有了转变。宋军经过多次惨败，重新整治，越战越勇。又因有了岳飞、韩世忠这样的英雄，增添收复河山之气势。

岳飞有一首家喻户晓的《满江红》，风云之势，撼天动地。"怒发冲冠，凭栏处、潇潇雨歇。抬望眼，仰天长啸，壮怀激烈。三十功名尘与土，八千里路云和月。莫等闲，白了少年头，空悲切。靖康耻，犹未雪；臣子恨，何时灭。驾长车踏破，贺兰山缺。壮志饥餐胡虏肉，笑谈渴饮匈奴血。待从头、收拾旧山河，朝天阙。"

三十功名尘与土，八千里路云和月。他之豪情志气，愿河山收复，王者归来。奈何那些怯弱的南宋君臣，早已被江南的云水浸染，守着柔软的风月，不肯挪步。

楚馆秦楼，倚红偎翠，他们只想捧着香杯醇酒，低声下气地求和。昏庸的宋高宗，竟不顾朝野上下反对，任命秦桧那样曲意逢迎的小人为宰相。

秦桧于政和五年（1115），进士及第。或许因他奉迎谄媚之态，于仕途路上，顺风得意。他毫无济世之心，只是一个卖国求荣的奸臣。

在南宋朝廷内，他是主和派，奉行割地、称臣、纳贡的议和政策。拜相期间，他极力贬斥抗金将士，同时结党私营，打击异己，屡兴大狱。此等见风使舵的小人，使原本脆弱的大宋河山，再次摇摇欲坠。

绍兴八年（1138），宋高宗诏令定都临安。看来江南这片柔山柔水，比之美人，更让君王销魂蚀骨。当年隋炀帝修千里运河，只为赏看琼花，后梦断江南，也当无憾。

"我梦江南好，征辽亦偶然。但存颜色在，离别只今年。"他死在江南，留下运河之水，悠悠千古。后世之人，听着他的故事，在运河之上来来往往。

岳飞浴血沙场、誓死抗金时，主张求和的宋高宗竟频频命其班师回朝。他明白，他舍命追随的君王，早无收复中原之心。他纵有力挽狂澜之势，亦无用武之地。心灰意冷的岳飞，愿解甲归田，远离朝政。

绍兴十一年（1141），秦桧诬告岳飞意图谋反，令其蒙冤下狱。后来，岳飞死于狱中。从此，风波亭上，多了一缕冤魂。一代将军，亦逃不过宿命的安排。

且留在南国这片花雨纷飞的土地上，让弥漫多年的烽火硝烟渐渐止息。也不要王者气势，不说英雄恨意，守着这座风和日丽的城，图个吉祥稳妥。

李清照知道，她再也回不去了。此处，便是她的山河，可裁风剪月，作诗写词。尽管，许多人并不知道她的存在，她也慢慢习惯了掩门遗世，诗书自乐。

那日，她写诗一首《偶成》："十五年前花月底，相从曾赋赏花诗。今看花月浑相似，安得情怀似往时？"花月从来不改，唯人的情怀心性，悄然更换。

绍兴十三年（1143），李清照将《金石录》进献于朝。如此，赵明诚毕生心血所著之文，方能流传后世。

她老了，老得甚至忘记了自己的年岁。庭院里花开花谢，岁序寒暖更迭。也不知多少人悄悄逝去，又有多少人姗姗而来。

红尘深处，有一种糊涂，不算称心，却也安稳。偶尔读书填词，侍弄花草，研习茶艺，自酿花酒，光阴清淡怡然。这些年，她遗忘了许多事情，然对文物的喜爱和研究，从未放下。

绍兴二十年（1150），这时的李清照已经六十七岁，发如雪，风烛残年。那日，她在翻检所剩不多的书画时，看到一幅米芾写的《灵峰行记帖》，甚是欣喜。

她深知，当年赵挺之对蔡襄、米芾的书法十分喜爱，赵明诚更是视若珍宝。若此帖得名家题跋，是珠联璧合。

于是，李清照登门拜访米友仁。多年前，李清照和米芾在汴京有过几面之缘，得其赞赏。如今故人仙逝，人间只留书画，睹物思人，顿生悲情。

米友仁，字元晖，乃米芾长子。他也是一位有着极高造诣的书法家、绘画家，继承了其父的山水技法，人称"小米"。

这时的米友仁，已是一位年过古稀的老人。今日有幸与当年名动京师的才女重逢，自是惊喜万分。回首从前汴京盛景，多少文人骚客风云聚会。或专于书法，或工于绘画，或精于诗词，可谓百态千姿，繁花满枝。

河山易主，众星陨落。今时还能相逢于湖山，当为世间最美的机缘。他欣然为才女带来的字帖题跋，米芾字帖本就价值连城，再得小米题跋，此帖更成了旷世之作。

一张字帖，一幅画，一阕词，乃至一方老玉，若遇知音，或值黄金万两；若遇不解之人，不过换取几壶佳酿。

流光幻灭无情，书香词韵却有心。那一日，临安城的某个小庭院，两位文人于闲窗下，品茶赏画。说一些远去的过往，说岁月的悲哀，也说人世的美好。

也许此次相聚后，他们再也没有机会重逢。他们的人生已是暮色深深，行将走到尽头，山不再长，水不再远。

曾经的波涛汹涌，如今是一湖静水，泛不起涟漪。 当年慷慨悲歌的词客，经江南微风细雨的吹打，变得柔软安静。

　　你以为丢失的万里河山、锦瑟年华，其实只是换了新主。并非假装糊涂，也不是心意阑珊，世间一切聚散，皆是因缘巧合。无别离，不相忘，她的故事，似风吹花落，水流无尽。

心有莲花

《红楼梦》里说："那红尘中却有些乐事，但不能永久依恃；况又有'美中不足，好事多磨'八个字紧相连属，瞬息间则又乐极生悲，人非物换，究竟是到头一梦，万境归空……"

但青埂峰下那块顽石不听道人言，动了凡心，非要到红尘富贵场中、温柔乡里，享受几年。后来，虽享尽人世荣华富贵，却也历百劫千难，方遁迹远去。

我们虽不是那无才补天的顽石，却也经了修炼，幻化为人。此一生，是安享尊荣，还是忍受清贫，都该从容以待，洒脱无悔。

那个宋朝女子，比之顽石更通灵性，她的人生清澈坦荡。无论过去多少日子，真实或虚幻，华贵或谦卑，她仍是她自己。

　　她也曾透支才华，写下旷世词，后来，一朝病老，亦无须锦句佳词来描绘心事。过往相识的人，早成陌路，那年词客，杳无音讯。一样的寻常风日，不一样的苦乐年华，都成了过往，如露亦如电。

　　南宋王朝，在属于它的时空里，演绎着自身的盛衰荣辱，与人无关。尽管这个王朝终究要被取代，成为历史。真个是斜阳余一寸，禁得几销魂。

　　没有锋芒催逼，风停雨歇，倒也平静。西湖之景，虽旖旎风流，若无人相陪，也没了兴致。她居深深院子，时看人间芳菲，时观雪絮穿枝。她日子清贫，然夏日有清茶，冬夜有酒樽，也是知足。

　　转眼，不知是绍兴多少年的某个元宵佳节。李清照鬓发似雪，身形瘦弱，倚着门扉，望着往来如织的行人，不禁感叹。多年以前，也有人与她执手，看璀璨花树。他给了她半世锦绣，她为他守了半生寒凉。

　　这些年，她已经很少研墨、填词，看遍炎凉世态，其心冷似冰霜。再提笔时，才情依旧，星月依旧，只是风鬟霜鬓，与这红尘渐行渐远了。

永遇乐·元宵

落日镕金，暮云合璧，人在何处？染柳烟浓，吹梅笛怨，春意知几许。元宵佳节，融和天气，次第岂无风雨。来相召，香车宝马，谢他酒朋诗侣。

　　中州盛日，闺门多暇，记得偏重三五。铺翠冠儿，捻金雪
柳，簇带争济楚。如今憔悴，风鬟霜鬓，怕见夜间出去。不如
向，帘儿底下，听人笑语。

这时的元宵节，已不似当初欧阳修笔下汴京城的元宵节。当年汴
京的旖旎繁华，悄然落幕。取而代之的，是忘了前世今生的南宋偏安
之景。

岁月无情，损了佳人，倦了词客。她独自坐于帘儿底下，薄酒一
杯，听人笑语。人世若安定，可以不要知音，无须仙佛相护，只这样慢
慢老去。

几十年后，另一位词人，辛弃疾写了一首《青玉案·元夕》。他怀
着悲愤之情，描述临安城元宵花树如雨的景致。

　　东风夜放花千树，更吹落，星如雨。宝马雕车香满路，凤
箫声动，玉壶光转，一夜鱼龙舞。
　　蛾儿雪柳黄金缕，笑语盈盈暗香去。众里寻他千百度，蓦
然回首，那人却在，灯火阑珊处。

"蓦然回首，那人却在，灯火阑珊处。"千年悠悠，风物仍旧，她
之笑貌去了哪里？在溪山白云间，于花枝竹影下，又或是斜阳日落里。

　　光阴如急雨，稍纵即逝。巷陌人家，仍听闻燕子来筑巢，也有悲欢离合的消息。世间千千万万的风景，都是人情，都有故事。但那一切，皆与她无关。

　　七十二岁时，易安居士欲以其才学传孙氏。孙氏乃邻人之女，不过十余岁，生得清秀灵动，天资聪慧。然此女，却以"才藻非女子事"拒之。

　　后陆游撰《夫人孙氏墓志铭》："夫人幼有淑质，故赵建康之配李氏，以文辞名家，欲以其学传夫人。时夫人始十余岁，谢不可，曰才藻非女子事。"

　　李清照回想一生，经受了太多流离失所、苦楚寂寞的日子。若想岁月不惊，就做那寻常女子，嫁与一个温和男子，过平淡的生活。没有诗词添香，也没了许多虚妄的执念。

　　倚栏不为远思，折梅不必伤离。清清淡淡的一个人，布衣荆钗，淡饭粗茶，亦无不好。才女词客与其何干？江山兴亡与其何干？历史沉浮又与其何干？

　　可世人心中，易安居士没有老过，韶华如初。她还是那位清丽佳人，对着溪亭，凝望荷花，持了酒杯，轻啜浅饮。她仍是风流词客，携着满袖月华，独上西楼，思念远方那位永不归来之人。

易安走了，离开这千般喧闹、万种风姿的人世。不知是哪个季节，不知是哪个时辰，亦不知是晴日，还是雨日。更不知身畔还有谁，有她爱了一生的梅花？或只是一卷词？一杯未曾凉却的残茶？

易安去后，各家议论，不乏怀疑之意，诋毁之词，讥笑之言。然一生烟雨过，是非留人说。那些流逝在诗词中、消散于金石里的岁月，那些停留在酒杯和茶盏间的年华，让她今世无悔。

《苕溪渔隐丛话》中有云："易安历评诸公歌词，皆摘其短，无一免者。此论未公，吾不凭也。其意盖自谓能擅其长，以乐府名家者。退之诗云：'不知群儿愚，那用故谤伤。蚍蜉撼大树，可笑不自量。'正为此辈发也。"

朱彧《萍洲可谈》说她："然不终晚节，流落以死。天独厚其才而啬其遇，惜哉。"晁公武《郡斋读书志》亦载："然无检操，晚节流落江湖间以卒。"《碧鸡漫志》中说："赵死，再嫁某氏，讼而离之。晚节流荡无归。"

笑过，哭过；爱过，怨过；得意过，失落过，如此才是风雨人生，值得寻味。那些说着别人故事、论着别人是非的人，他年亦只是一池落花，一地残雪，又能留下什么？

以为漫长得没有尽头的一生，说结束就结束了。历史是风，舒卷自如，它行经汉唐世界、塞北江南，动过刀兵，而今也是寂然清平。

都说她婉约心事，素怨轻愁，半生温情脉脉，半生凄凉无依。却不知，她的世界，百态千姿，气象万千，若三春花事，雨后牡丹，难遮难掩。

她该是固执的，多少动乱流离皆可不在乎，一个人走过了万水千山。

她该是坚韧的，不与人世妥协，不顺从命运，让自己活到了白发苍颜。

她该是沉静的，一个人，独自走过了最后的如雪残年。

她的内心，如这暮秋寒潭，早已波澜不惊。她的故事，如窗竹庭月，众生皆知，众生不懂。

与她相关的物事，皆有词韵，尽染风情。你想起她的时候，觉时光静美，很是温柔。她怎知，你与她共有山川风日，只不过隔了千年岁月。

该是说散的时候了，只道人生如戏，竟不知文字亦如戏。千古华梦，如真如幻，烟云而已，转瞬即逝。

她手捧一卷清词，远离富贵名利，不要姹紫嫣红，在宋朝，婉约清扬。

她手持一杯淡酒，守着她的字画，她的城池，说一些亦醉亦醒的心事。

她手拈一枝瘦梅，与江南那场初雪相遇，便难舍难分。

时光会改变一切，唯这风霜有情，可以让你迷途知返，珍重人生。

人都道落梅文字如秋水冷月，总是太过伤情，却不知，她早已历经世事，喜乐无忧。无论去了哪个朝代，与谁相遇，皆不生烦恼，从容清安。

窗外的花，廊檐的月，谁曾经斟满过她清冷的酒杯，如今又轻拂我新生的白发。还记得东坡有句："酒醒梦觉起绕树，妙意有在终无言。先生独饮勿叹息，幸有落月窥清尊。"

一切妙意，都在宋朝。易安居士，这个宋朝女子，情怀胜雪，风骨若梅。

千秋万载，唯美好的事物，方能长久留存。

她说，心有莲花，众生皆佛。